MEMÓRIAS
de
SANGUE

O vampiro e o Zumbi dos Palmares
© Ivan Jaf, 2013

Gerente editorial	Fabricio Waltrick
Editora	Lígia Azevedo
Editora assistente	Fabiane Zorn
Estagiária	Luciane Yasawa
Preparadora	Daniela Lima
Coordenadora de revisão	Ivany Picasso Batista
Revisoras	Cláudia Cantarin, Helena Dias
ARTE	
Projeto gráfico	Carlos Magno
Ilustração de capa	Jefferson Costa
Coordenadora de arte	Soraia Scarpa
Assistente de arte	Thatiana Kalaes
Diagramação	Júlia Yoshino
Tratamento de imagem	César Wolf e Fernanda Crevin
Pesquisa iconográfica	Angelita Cardoso

CIP-BRASIL. CATALOGAÇÃO NA FONTE
SINDICATO NACIONAL DOS EDITORES DE LIVROS, RJ

J22v

Jaf, Ivan, 1957-
O vampiro e o Zumbi dos Palmares/ Ivan Jaf ; ilustração Jefferson Costa - 1.ed. - São Paulo : Ática, 2013.
112p. : il. ; . -(Memórias de Sangue)

ISBN 978-85-08-16483-7

1. Ficção infantojuvenil brasileira. I. Costa, Jefferson II. Título. III. Série.

13-00814. CDD-082.5
CDU-087.5

MISTO
Papel produzido a partir de fontes responsáveis
FSC® C102676
FSC www.fsc.org

ISBN 978 85 08 16483-7 (aluno)
ISBN 978 85 08 16484-4 (professor)
Código da obra CL 738535

2017
1ª edição
3ª impressão
Impressão e acabamento: Edições Loyola

Ivan Jaf

O vampiro e o Zumbi dos Palmares

Ilustrações
Jefferson Costa

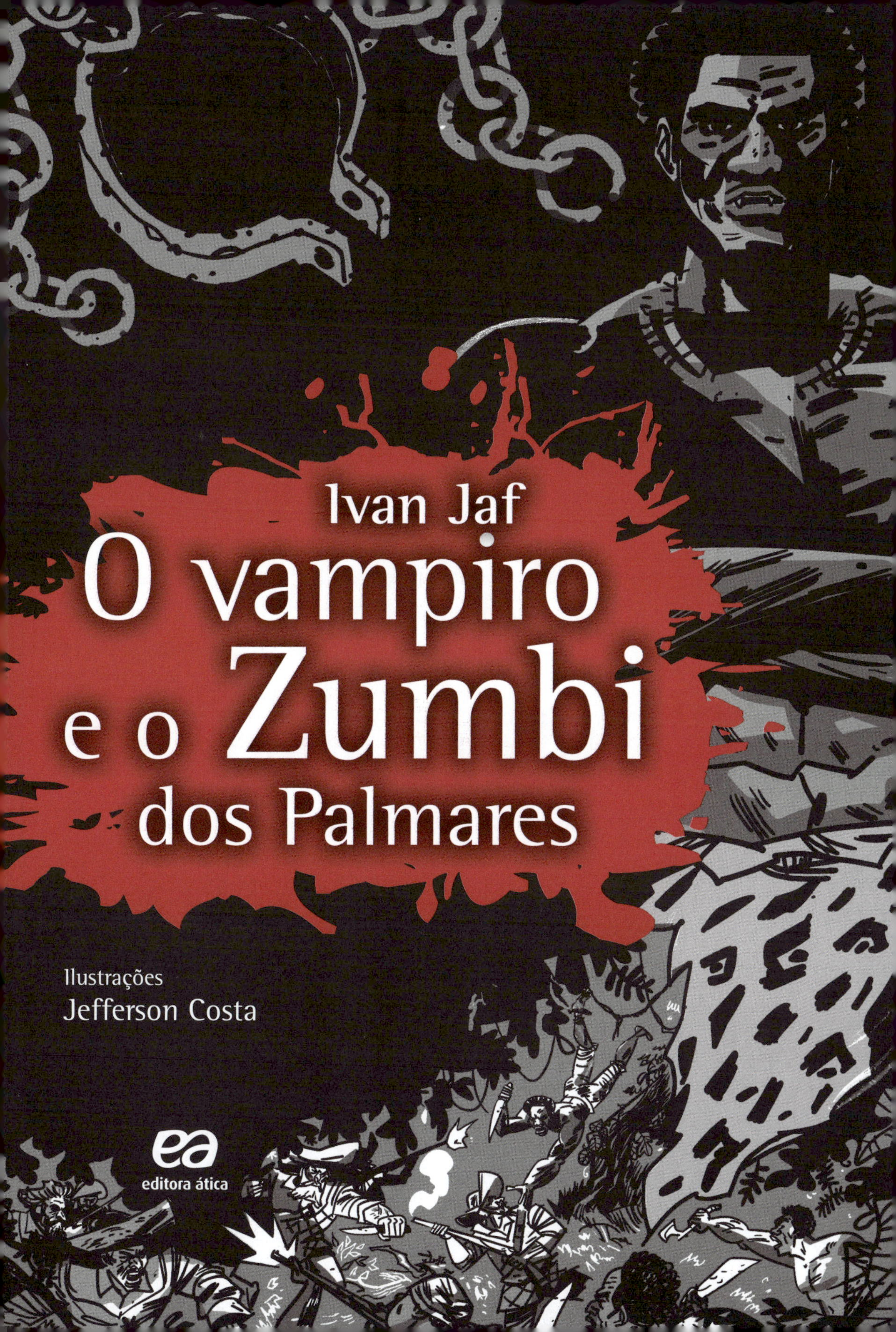

editora ática

Sumário

"A vida foi criada nos vales. Subiu para a montanha nos velhos terrores, nas velhas aflições."

William Faulkner

Prólogo

Moro no alto de Santa Teresa, um bairro de artistas, cheio de sujeitos estranhos como eu, pálidos, que só saem à noite e ninguém sabe direito o que fazem. É o melhor bairro do Rio de Janeiro, se você é um vampiro e quer passar despercebido.

Da minha janela, vejo o morro dos Prazeres. Ali se espremem os milhares de barracos de uma imensa favela que escorre morro abaixo, junto com esgoto a céu aberto, miséria e violência.

A noite estava bonita, estrelada e sem lua. Gosto de setembro e do perfume das dracenas.

Ele entrou pela janela, estabanado, mas não bateu em nada. Ficou voando em círculos junto do teto da sala, contornando a luminária. Um morcego enorme.

Bichos que fazem cocô voando não são bem-vindos em lugar nenhum. Fui pegar uma vassoura para enxotá-lo. Quando voltei, havia um homem no meio da minha sala. Negro, alto, magro, 30 e poucos anos e sorriso largo. Vestia jeans e uma camiseta preta de mangas compridas.

Ele levantou os braços; as mãos abertas:

— Calma. Venho em paz.

— Quem é você?

— Sou seu fã.

— Como assim?

— Admiro seu trabalho, já li todos os seus livros. Prazer. Gaspar.

— Você e o morcego...?

— É... também sou um vampiro.

Sorriu. Parecia um carioca típico. Tive de sorrir, o sujeito era simpático. E meu fã.

— Posso conhecer seu escritório?

Ele falava sério.

— Por aqui. Não repare. Não é nenhum castelo do Drácula.

É um apartamento de dois quartos. Ele veio atrás de mim até o cômodo que eu usava como escritório. Mancava de uma perna.

Três paredes com estantes até o teto, forradas de livros. Um arquivo de aço. Duas mesas compridas: uma coberta de livros e fichas, onde pesquiso; outra com computador, pilhas de papéis, potes com lápis e canetas, grampeadores, telefone, cadernos, etc. Duas cadeiras de escritório, uma em cada mesa. E duas poltronas junto da janela, de onde se veem os milhares de barracos da favela. Entre as poltronas, uma mesinha com um gravador em cima.

— É aqui que a mágica acontece.

Ele pousou a mão direita sobre o espaldar de uma das poltronas.

— Você conversa com outros vampiros aqui... eles contam suas histórias...

Duas poltronas de couro, velhas e gastas. Sou um tremendo relaxado.

— Seus livros me tocam profundamente. Você revolve o passado, organiza a memória. Tudo vai na direção de um fim determinado. A existência parece fazer sentido.

— Mas não faz. Os livros é que precisam terminar.

Seu olhar percorria cada detalhe do meu escritório. Parecia mesmo emocionado.

— Foi lendo um livro seu que descobri quem foi o vampiro que me mordeu e transformou... Meu pai-vampiro.

— É? Que livro?

— O vampiro que descobriu o Brasil.

— E que vampiro foi?

— Domingos. Em Pernambuco, na primeira metade do século XVII.

— Durante a ocupação holandesa?

— É. 1635. Você gostaria de ouvir a minha história?

Tentei disfarçar a ansiedade:

— Por que não senta?

Ele sentou numa das poltronas e eu na outra. As luzes da favela cobriam o morro como enfeites de Natal.

Eu estava diante de um descendente de Domingos. Um vampiro muito poderoso, que tinha a rara capacidade de entrar com a sua consciência dentro de outro corpo humano e "ocupá-lo". Ele havia sido morto por Antônio no ano 2000, depois de uma perseguição de cinco séculos.

Domingos só se alimentava de sangue humano, e sem o menor cuidado. Às vezes descartava suas vítimas ainda vivas. Devia ter espalhado "filhos-vampiros" por todo lado.

— Domingos me atacou na época em que eu vivia no quilombo dos Palmares.

— Você morou no quilombo dos Palmares? Conheceu o Zumbi?

— Bastante. E Ganga Zumba e todo o pessoal. Depois que me trouxeram como escravo de Angola eu fugi e...

— Gaspar... posso ligar o gravador?

Capítulo 1

Onde falta habilidade, sobra preguiça

Não havia calendário. Só depois, já no Brasil, fiz as contas e descobri que nasci em1601.

Naquela época existiam duas Áfricas: uma muçulmana, no norte, adorando Maomé e Alá; e outra, da linha do equador pra baixo, cultuando deuses africanos. Os habitantes do norte eram dominados pelos árabes desde o século VII. O mar Vermelho era fácil de atravessar. No sul, os portugueses só chegaram uns oitocentos anos depois. O Atlântico era imenso e bravo.

Nasci abaixo da linha do equador. Nasci banto. Um grande grupo de africanos que falava uma língua com uma origem comum. É como “latino”, para povos que falam línguas derivadas do latim. “Latino” serve tanto pra espanhóis como pra portugueses, franceses e italianos, entende? Eu era um banto da tribo jaga. Assim como um latino português fala português, um banto jaga falava quimbundo.

Os jagas eram guerreiros mais ou menos nômades. Fui adotado por eles quando era bebê. Meus pais biológicos foram assados e comidos pelos meus pais adotivos. Quando cresci o suficiente pra perguntar por que me adotara, Kikulakaji, o Velho, explicou:

— No meio de uma batalha, se você vê seu filho ser morto, sofre menos se ele for filho do inimigo.

Ele era bem sincero e pragmático.

Quando os primeiros portugueses chegaram ao rio Zaire, em 1483, encontraram um poderoso rei chamado Mani Congo. Ele governava um grupo de províncias, cada qual com seu chefe, o soba. Havia conquistado o poder pela força e enriquecido com a coleta de impostos, o comércio de escravos e o cobre das minas.

No sul do Saara, desde o século VII, tribos africanas invadiam as vizinhas pra capturar negros e vendê-los aos árabes. Caravanas de milhares de escravos com forquilhas no pescoço atravessavam o deserto do Saara até os compradores, no litoral do mar Mediterrâneo. Era uma mercadoria mais rentável do que ouro, marfim e cobre. E muito melhor pra transportar, porque ia andando sozinha.

Os africanos abaixo do equador ainda não se exportavam, mas já se capturavam e obrigavam uns aos outros a trabalhar na agricultura e nas minas. Os portugueses estavam fundando colônias, precisavam de escravos. De olho na exportação de gente e cobre, e nas armas incríveis dos brancos, Mani Congo se aliou aos portugueses. Ele e seus sucessores exportaram cada vez mais negros, e o negócio cresceu tanto que acabou saindo do controle. Nenhuma tribo estava segura. As pessoas passaram a ser uma mercadoria valiosa. Os próprios sobas podiam acabar presos e vendidos.

O governo tinha o monopólio do comércio, mas os contrabandistas inventavam rotas pra escapar da fiscalização e dos impostos, enriqueciam, formavam um poder paralelo. O povo tinha de se defender sozinho.

Na década de 1570, os jagas, que viviam nas montanhas de Matamba, começaram a descer e atacar os portugueses e o reino do Congo. Guerreiros terríveis. Eu fui um deles. Usava lança, arco e flecha, azagaia e escudo. Mas a arma preferida dos jagas, símbolo e pavor dos inimigos, era a machadinha.

Os homens viviam dentro dos mocambos, em constante treinamento militar. Mocambos eram fortalezas protegidas por muros de estacas, fossos e armadilhas com estrepes. Eram sempre construídos na beira de algum precipício, pra que o inimigo só pudesse chegar por um lado. Vivíamos de caça, pesca e saque. Atacávamos sempre de surpresa. O *songo*, esquadrão, caía em cima dos inimigos lançando o grito de guerra:

— *Puté! Puté!*

Pra gente provar que era macho mesmo havia os ritos de iniciação. Fazer cicatrizes no rosto e nas mãos com espinhos, autoflagelação com faca e fogo, circuncisões, ir pra guerra besuntado com sangue humano, comer os miolos crus dos inimigos, depois o corpo todo, assado... Quebrar os próprios dentes da frente, a pedradas, era uma exigência. Não ter os dois incisivos centrais superiores era o distintivo do guerreiro jaga.

A palavra em quimbundo pra quem não tem alguns dentes é *banguela*. Quem não tem dente nenhum, como os bebês e os velhos, era chamado de *boboca*.

Além de guerreiro, fui iniciado como feiticeiro. Tornei-me um ganga. Meu pai adotivo, Kikulakaji, o Velho, era um bruxo poderoso e foi meu mestre.

Decorei toda a cosmogonia, o panteão e as oferendas dos jagas. Sabia o que o deus da guerra gostava de receber antes das batalhas, como acalmar o deus das forças contrárias, como controlar o deus das tempestades e dos raios... Mas Kikulakaji era um feiticeiro diferente da maioria. Acreditava mais no mundo visível do que no invisível, e me ensinou que o poder real de um ganga estava no conhecimento sobre plantas, bichos e pedras.

Os deuses e os rituais impressionavam, aterrorizavam e faziam as pessoas terem fé. E a fé produzia coisas estranhas e impossíveis. Mas pra Kikulakaji a fé nem precisava de deuses. Bastava uma enganação qualquer. Inventar um ritual maluco. Quanto mais maluco, melhor. E usar plantas e bichos, escondido.

Depois de um dia inteiro de bebidas e danças, meu pai era capaz de enfiar a mão num caldeirão de água fervente, por exemplo, sem se queimar. Isso fazia o maior sucesso. O truque era untar antes o braço com uma pasta transparente extraída de determinada planta. O mesmo processo, na sola do pé, fazia Kikulakaji andar sobre brasas, dizendo estar possuído por um demônio.

Ele era mestre em venenos e antídotos. Quando queria provar sua coragem e seu poder, e se livrar dos inimigos, fazia a cerimônia do *bulungo*. Eu o ajudei nisso desde menino. Misturava uma fruta chamada *quijuluango* com algumas sementes de *hitro* e servia aos presentes numa cabaça com *oallo*, uma bebida fermentada de milho. Essa mistura era um veneno poderoso, em pouco tempo todos estavam babando, tendo convulsões e morrendo. Menos Kikulakaji. O truque era ser o primeiro a beber. Todos achavam que era uma prova de coragem, mas a mistura só virava veneno quando a cabaça era mexida e as sementes de *hitro* se dissolviam. Kikulakaji bebia tendo o cuidado de não balançar a mistura; depois saía dançando feito louco, ao som dos batuques, sacudindo bem a cabaça.

O final era sempre o mesmo. Hora de usar o antídoto. Ele incorporava um deus que "ressuscitava" os amigos e deixava morrer os inimigos.

Aprendi com ele a fazer todo tipo de *quirimbus*, misturas "mágicas", usando sementes, folhas, cascas de árvores, bichos e pedras. A *índua* enlouquecia pra sempre. A polpa do *majongo* matava lentamente, por disenteria. A *zemza* apagava a memória dos delatores. Determinada peçonha, passada na vagina, matava os estupradores.

Kikulakaji era curandeiro. A pasta de raiz de *quitengue* curava feridas. O pó de casca de *quiseco* acabava com febres. A abada cortava o veneno das cobras. Ele sabia usar as gorduras dos bichos, as peles, os ossos, os órgãos... Curava hemorroidas com ossinhos da orelha de leitões, cortava venenos de todo tipo de cobra com uma pasta de abelha e ervas... Tudo isso acompanhado de rituais inventados, enganações, mentiras.

— *Macutus* do ganga — ele ensinava. — Porque o ganga não pode dar o remédio simplesmente. Precisa criar rituais, batucadas, fogueiras... Fazer o cliente ficar a noite toda com uma galinha morta em cima da cabeça, escorrendo sangue. Cozinhar pros espíritos. Deixar o sujeito dois dias dentro de um poço com água gelada. Não parece, mas tudo isso é pro bem do doente.

— É a *quirimbu* que cura — ele repetia sempre. — Mas precisa do ritual. Às vezes o feiticeiro cura uma pessoa envenenada só fazendo ritual, sem dar antídoto. E, outras vezes, sem o ritual, o sujeito morre envenenado, mesmo tomando o antídoto.

— Quando as pessoas ficam desesperadas, elas *querem* ser enganadas — ele explicava. — Temos de dar o que elas querem, pro bem delas.

— O mundo é *quicutu* total, meu filho.

Quicutu é mistério.

2

Capítulo

Como salvar a alma de um negro pagão

Com os ataques dos jagas e o exército tentando controlar todas as rotas pra manter o monopólio do comércio de escravos, os contrabandistas rumaram pro sul, e atrás deles foram os comerciantes portugueses, que também não queriam pagar impostos ao rei africano. Por isso o Congo foi perdendo importância pra uma região mais abaixo, chamada Ndongo. Como o soba de lá se chamava Ngola, os portugueses passaram a chamar o lugar de Angola. Foi lá que eu fui capturado.

Nós, os jagas, já estávamos atacando bem longe das montanhas de Matamba. Fui pego em uma batalha. Era um homem forte e cheio de saúde. Tinha 25 anos e valia um bom dinheiro.

Nessa luta mataram Kikulakaji, o Velho, que estava mesmo velho, "peça ruim", não valia nada. Cortaram sua cabeça bem na minha frente.

Minha mãe adotiva já havia sido estuprada e decapitada por portugueses havia muito tempo. Ainda menino, escondido em cima de uma árvore, vi os dois estupradores se contorcerem na lama e babarem sangue até morrer. Ela havia passado *quirimbu* na vagina.

Fui amarrado a outros jagas pelo libambo, correntes com argolas de ferro, e arrastado na direção de Luanda, o porto principal de Angola. Era março, época das grandes chuvas no sul da África. Meses de caminhada, vestindo apenas uma tanga de pele de hipopótamo, comendo batata-doce e papa de fubá aguada. Na travessia dos manguezais jogavam negros doentes pra distrair os crocodilos. Colunas de centenas de escravos, muitos morrendo pelo caminho, de fome, doença ou pânico. Era só abrir a argola e deixar o corpo pras feras.

Alguns eram dados como "pedágio" aos sobas, pra poderem atravessar suas terras. O soba os vendia na *quitanda*, as grandes feiras livres, pra um *pombeiro*, o agenciador de escravos. Foi o meu caso. Por meu tamanho e minha força, o soba conseguiu um bom punhado de zimbos.

O pombeiro marcou sua inicial a faca no meu ombro e me levou pra Luanda, num novo libambo.

Eu estava fascinado pelo relato de Gaspar. Não conhecia quase nada sobre a história da África, e essa ignorância agora se revelava absurda. A África era tão importante para a cultura do Brasil quanto a Europa. Nosso vocabulário deixava isso claro. Eu não queria perder uma palavra:

— O que são zimbos?

— Zimbo era a moeda. Uma concha, espécie de búzio, pequena.

— Então era só ir à praia e o sujeito saía rico.

— Não. Os zimbos só existiam na ilha de Luanda. A extração era controlada pelo soba. O zimbo foi um dos motivos pro comércio de escravos ter se deslocado pra lá. Mas os africanos não sabiam que havia búzios do mesmo tipo na foz do rio Caravelas, no sul da Bahia. É bem provável que eu tenha sido comprado com zimbos falsos.

— Zimbos baianos.

Estávamos na África. Unidos, os negros podiam matar todos os brancos. Por que não faziam isso? Só entendi quando cheguei a Luanda. O comércio. O poder.

Os negros queriam vender coisas pros brancos. Cobre, marfim e outros negros. Já havia escravidão na África antes de os brancos chegarem, mas um negro aprisionava outro pra forçá-lo a trabalhar na lavoura ou nas minas. Agora eram trocados por dinheiro. E valiam muito. Eram mais fáceis de conseguir do que cobre e marfim. E havia muita novidade pra comprar com dinheiro, principalmente armas de fogo. Armas e pólvora davam poder ao negro de capturar e vender outros negros, além de o protegerem de ser capturado e vendido. Quanto mais armas, mais lucro e menos risco. A coisa só crescia, e a oferta nunca deixava a procura na mão.

Os negros passaram a defender os brancos. Defender o comércio. Quando alguma tribo atacava os brancos, outras tribos se uniam e degolavam todos, decepavam os narizes, levavam pras autoridades brancas de Luanda e recebiam recompensas. Sacas cheias de narizes negros cobertos de moscas.

Essas lutas animadas, em que negros cortavam narizes de outros negros, eram chamadas de *embalos*.

Os brancos incentivavam bastante o comércio. Os lucros da escravidão eram enormes. Um negro valia seiscentos pesos se conseguissem chegar com ele às minas de prata de Potosí, no Peru, por exemplo.

Cuidavam bem da mercadoria. Em Luanda, nos engordavam com carne, legumes, farinha de mandioca, cuidavam das nossas feridas, tratavam as doenças, untavam nossa pele com óleo de palma e eliminavam os suspeitos de terem cólera ou outra peste qualquer.

Isso até os navios negreiros chegarem.

Os tumbeiros. Tumbas flutuantes.

Os brancos entravam no barracão, abriam a argola de ferro do nosso pescoço. O negro subia numa mesa comprida, andava pra lá e pra cá, como num desfile de moda, e os compradores iam separando os lotes.

Afastado da terra natal, da família, dos amigos, de pessoas que falavam sua língua, vendido, comprado, trocado por vinho ou por um corte de tecido, amontoado em barracões como marfim ou farinha, o negro ia virando mercadoria mesmo, objeto.

Havia mais de setenta dialetos na região. Eles misturavam os prisioneiros, separavam as famílias, pra que a gente não se entendesse e armasse fuga.

No dia do embarque nos levavam à igreja. Um padre nos batizava, aspergia água benta em cima de nós, de uma vez só. Batismo por atacado. Depois a gente fazia fila, o padre colocava uma pitada de sal na língua de cada um e dizia o novo nome, cristão. Inventava na hora e escrevia num pedaço de papel.

Depois um branco leu pra mim. No papel que eu ganhei estava escrito Gaspar.

No final, o padre disse algumas palavras e um intérprete negro traduziu:

— Já sois filhos de Deus. Estais a caminho de terras portuguesas, onde ireis aprender as coisas da fé. Esquecei tudo o que se relacione com o lugar de onde viestes, deixai de comer gente, cães, ratos ou cavalos. Agora podeis ir, e sede felizes.

A Igreja católica recebia um tributo por cada negro exportado. O batismo era uma forma de controlar a mercadoria. O bispo aplicava esse dinheiro comprando e revendendo negros.

Depois do batismo nos levavam pro embarque, onde eram cobrados os direitos de exportação. Ali, um funcionário da alfândega nos marcava no peito com um ferrete oficial de prata, em brasa: a marca da Coroa Real portuguesa significava que o negro já era batizado e que os direitos reais tinham sido pagos.

Em quimbundo, "marca" é *karimu*. O ferrete em brasa era chamado de *karimbo*.

Fomos arrastados para o tumbeiro. Ao meu lado, um negro enlouquecido de pavor arrebentou a própria cabeça contra as vigas de madeira do cais. Empurrados a gritos e chicotadas, nós — homens, mulheres e crianças — fomos jogados no porão.

Àquela altura Gaspar já tinha sido marcado duas vezes: a faca, pelo pombeiro; e pelo ferrete em brasa, na alfândega. Sem falar dos ritos de iniciação jaga. Estava todo carimbado.

— Posso ver suas cicatrizes?

A resposta me deixou muito confuso:

— Elas ficaram no outro corpo. Não estou usando o corpo de Gaspar. Você vai entender isso mais tarde.

Quinhentos negros. Setenta metros quadrados, sem janelas. Quinhentas pessoas ali, durante quarenta dias, no escuro, defecando e urinando por todo lado sem que ninguém limpasse, muitos com disenteria, falando dialetos diferentes, membros de tribos inimigas. Um calor infernal, piorando à medida que os dias avançavam, água racionada a dois copos por dia, o ar entrando apenas pelo alçapão, um bueiro de madeira no teto...

O navio não passava dos 15 metros de comprimento por uns 10 de largura. Apenas vinte homens da tripulação pra vigiar quinhentos prisioneiros. Os negros ficavam todo o tempo no porão, com apenas uma saída, e era preciso colocar uma prancha de madeira pra subir.

A ideia era abarrotar o navio com o máximo de carga possível. Se a viagem fosse rápida e tudo corresse bem, com uma perda de 10% a 20% da mercadoria, o lucro era enorme. Perdas de 30% eram o normal. No meu tumbeiro, até uns 150 negros podiam morrer antes que isso afetasse seriamente os lucros.

Saíam de Portugal levando manufaturas, tecidos, armas e vinho. Em Luanda trocavam esses artigos por negros. Traziam os negros pro Brasil e trocavam por açúcar. Voltavam pra Europa e vendiam esse açúcar por uma fortuna. O mercado de açúcar só crescia, os europeus botavam açúcar em tudo. Com uma parte do lucro compravam manufaturas, tecidos, armas e vinhos e partiam pra África. E a roda girava.

Venda casada. Pra levar homens fortes como eu, meu capitão teve de arrematar lotes baratos, com crianças, mulheres e alguns negros doentes, recém-chegados das florestas, que já subiram a bordo com feridas abertas e febre.

A travessia Angola-Brasil era considerada uma rota muito tranquila pra navegação, com ventos e correntezas favoráveis. O anticiclone de Capricórnio, entre 15° e 20° de latitude sul, estava sempre ali, facilitando a vida dos navios negreiros. Padre Antônio Vieira, da Companhia de

Jesus, um dos jesuítas mais influentes, famoso por seus sermões, chegou a dizer num deles:

— Esses ventos favoráveis são um presságio divino que permite, por especial misericórdia de Nossa Senhora do Rosário, que os negros sejam levados à América para o exercício espiritual do cativeiro e se salvem do paganismo.

Mas Nossa Senhora do Rosário só trabalhava de setembro a janeiro, porque fora dessa época os "ventos favoráveis" sumiam e os navios ficavam parados enfrentando as "águas mortas", as calmarias, e as pessoas no mar morriam de sede, fome, doenças e loucura.

Meu tumbeiro saiu em final de fevereiro. O capitão achou que ainda dava tempo. Calculou mal a comida e a água. Não se preparou pra calmaria. Nem pra tempestade que veio antes.

Os negros iam enlouquecendo lá embaixo, no porão quente, abafado, fedendo cada vez mais, o ar só entrando pelo alto, pela abertura do convés, pelas frestas de uma polegada da tampa do alçapão. O porão tinha uns 3 metros de altura, eu alcançava o teto se pulasse. Quando estava desesperado por ar, conseguia me pendurar na tampa, enfiar os dedos entre as frestas, flexionar os braços e encher os pulmões. Outros negros tentavam escalar meu corpo pra respirar também, e eu tinha de sacudi-los, chutá-los, e caía distribuindo socos.

A falta dos meus dois dentes incisivos centrais superiores e as marcas na pele me trouxeram inimigos, negros de tribos rivais. Eles me temiam. Eu era um jaga. E um ganga: um feiticeiro.

Mesmo assim, ou por isso, tentaram me matar.

Me atacaram na escuridão da noite. Não se via nada. Seguraram meus braços e minhas pernas. Apertaram minha garganta até me sufocarem. Consegui libertar os braços, agarrei umas orelhas, parti um pescoço, dei uma cabeçada pra trás com toda a força, ouvi um nariz quebrando. As mãos largaram a minha garganta, caí tentando respirar de novo e apaguei.

Quando o dia nasceu e a luz entrou pelas frestas da tampa no convés, havia um homem morto, de barriga pra baixo, mas olhando pro teto, e outro ainda dormindo, sangrando muito pelo nariz. Resolvi assustar meus malungos. Malungos são companheiros de viagem.

Assustar de verdade, pra me deixarem em paz. Aí, bem na frente deles, virei um *quifumbula* — uma espécie de vampiro africano que vivia na floresta. Kikulakaji tinha me ensinado a imitar um, pra impressionar o povo e impor respeito pelo medo. Me contorci, fiz caretas, revirei os olhos, gritei palavras estranhas, depois pulei sobre o homem desacordado, coloquei a boca no nariz dele e comecei a sugar com força e a beber seu sangue. Parava, levantava a cabeça, olhava os malungos em volta com a boca cheia de sangue, os olhos revirados, depois voltava a chupar o nariz do sujeito.

Era um vampiro jaga. Um vampiro banguela. Não podia morder. Chupava o sangue pelo nariz quebrado da vítima.

Os gritos de pavor dos negros chamaram a atenção dos tripulantes. Quatro brancos desceram, armados com mosquetes, mataram a tiros um negro que enlouqueceu e queria subir pela prancha. Chicotearam outros. Levaram os mortos e os atiraram ao mar.

Pouco depois veio a ventania. E a grande tempestade.

O navio se inclinava; os negros caíam uns sobre os outros, rolavam, não tinham onde agarrar; a urina e as fezes misturavam-se com os corpos; os gritos e os gemidos eram mais altos que os trovões; a asfixia... O capitão deu ordem pra cobrir a tampa do porão, com medo de que a água que escorria pelo convés entrasse pelo bueiro do alçapão, inundasse o porão, matasse a mercadoria e afundasse o navio.

Esqueceu que sua carga precisava respirar.

À medida que o ar faltava, começamos a subir uns por cima dos outros, tentando alcançar o teto, arrancar a tábua e o pano que cobriam a única entrada de ar, ou encontrar frestas no piso do convés. Tudo isso no escuro. Os mais fracos iam ficando por baixo, sufocando, morrendo pisoteados.

Eu escalava corpos, empurrava, chutava, mordia, socava, conseguia sugar o ar com a boca, entre duas tábuas, junto com a água da chuva, enchia os pulmões, pisando sobre uma pilha de cadáveres; me empurravam, rolava, subia novamente, socava tábuas com todas as forças, tirava sangue dos dedos, conseguia despregá-las, o ar entrava, e mais pessoas eram esmagadas com outras tentando subir sobre elas.

Mais negros haviam despregado partes do piso do convés, e a água da chuva já caía em cascata no porão. Enquanto isso, os brancos tentavam colocar as tábuas de volta, pulavam sobre elas e as pregavam, tapando o ar novamente.

O navio se inclinava pra um lado, depois pro outro. Ia se partir em dois. Os gritos de desespero, o estrondo dos trovões...

Um dia e uma noite lutando pra não morrer asfixiado. Na manhã seguinte, passada a tempestade, os brancos desceram a prancha pra retirar os mortos. Quarenta e oito corpos, a maioria crianças e suas mães. Todos lançados ao mar, nus. Quarenta e oito.

Os sobreviventes lambiam o chão pra matar a sede com a água da chuva, misturada com sangue, fezes e urina.

A tripulação jogou água salgada em cima de nós e lavou o convés com vinagre pra limpar o rastro dos corpos arrastados para o alto, rumo à balaustrada.

Foi a última tempestade de verão. Depois dela, à medida que nos aproximávamos dos 15° de latitude sul, os ventos ficaram favoráveis e o anticiclone de Capricórnio nos levou adiante. Mas continuaram a mor-

rer negros, um ou dois por dia. Os doentes pioravam, muitos feridos começaram a ter febres, não havia tratamento, nenhum médico nem remédio a bordo. O capitão contava atravessar o oceano o mais rápido possível. Todo o corte de despesas extras aumentaria o lucro. Foi aí que veio a calmaria.

É a pior morte. A calmaria enlouquece. Uma semana parados, boiando, duas semanas, sol de rachar, porão abafado, três semanas, fedor aumentando a cada hora... A comida descia do convés em baldes, amarrados por cordas: farinha, fubá, feijão ralo, pedaços de peixe ou carne salgados. A sede torturava: só um copo de água de manhã, outro no começo da noite... A gente comia com as mãos, avançando sobre os baldes. Os mais fracos não conseguiam se alimentar.

Faltou comida e água. Veio um surto de disenteria. Morriam quatro, cinco negros por dia. As feridas viravam úlceras. Um menino perdeu todos os dedos, comidos por bichos-do-pé. Para que a praga não se alastrasse, foi jogado ao mar, vivo. Deve ter ficado dias boiando junto do navio, com os outros cadáveres. Na calmaria, os mortos atirados ao mar continuavam por perto, apodrecendo, fedendo.

As febres pelas infecções das feridas abertas foram confundidas com um surto de varíola e os doentes, lançados no Atlântico. Começaram os suicídios, cabeças quebradas contra traves de madeira, e os assassinatos, os estrangulamentos, as surras. Eu continuei vivo, temido, não mexiam comigo. Inspirava terror. Podia virar *quifumbula*.

A tripulação passava fome também. Conseguiram capturar um grande tubarão, mas quando abriram a barriga dele no convés encontraram partes do corpo do menino dos bichos-do-pé.

A disenteria se alastrava. Os doentes não levantavam, a boca sangrando, rolavam pelo chão, gemendo e espalhando fezes líquidas com sangue por todo lado.

Aos poucos o vento voltou, as velas inflaram, o navio foi empurrado lentamente pra frente.

Cheguei a Recife.

Como se faz um pau de sebo

Capítulo 3

Pisei no Brasil pela primeira vez em 1627. Tinha 26 anos.

O porto de Recife ficava num estuário formado por dois rios. Fazia um sol forte. No tempo gasto com manobras pra atracar e burocracia alfandegária, o calor e a asfixia acabaram por matar mais negros no porão. Somados aos que já estavam putrefatos, foram mais de trinta corpos jogados na lama escura de um manguezal próximo. Na última semana não podiam mais lançar negros ao mar porque as correntezas os levariam às praias, as autoridades pensariam que o navio trazia peste e a mercadoria ficaria encalhada. Os últimos dias foram o mais completo terror, os cadáveres se decompondo no meio da gente.

Saímos acorrentados uns aos outros pelo pescoço, ofuscados pela luz do sol depois de quase dois meses no escuro, tropeçando, caindo, levando chicotadas pra levantar... Libambo arrastando ossos, feridas, carnes rasgadas... Caminhamos assim até a areia de uma praia e sentamos, olhando a “faxina” do tumbeiro, a tripulação esfregando o convés com vinagre.

A noite caiu. Dormimos ali mesmo, nus, cercados por sentinelas armados com mosquetes. Na manhã seguinte os representantes dos donos foram chegando, acertando as contas com os mercadores de Recife, os cobradores de tributos e o caixeiro do navio negreiro.

Fui arrematado num lote com mais oito negros e levado por quatro homens armados, montados em mulas. Ninguém falava com a gente. Sempre com as argolas de ferro no pescoço, ainda acorrentados uns aos outros, cruzamos a vila de Recife. Umas duzentas casas, algumas choças miseráveis, um punhado de armazéns. Seguimos pelo litoral, pro sul. Caminhada de três dias, embaixo de um sol muito forte, passando por canaviais.

Eu não sabia que ia trabalhar em engenho de açúcar. Ninguém explicou nada. Pra mim aquilo era o reino de calunga, a terra dos mortos. Algumas crenças diziam que se chegava à terra dos mortos atravessando um mar grande. Os demônios iam me assar vivo ali, comer minhas carnes, moer meus ossos pra fazer pólvora e espremer meus miolos pra extrair azeite.

No segundo dia de caminhada, um de nós começou a gritar e tentar rasgar a própria boca com as mãos. Os brancos soltaram a argola de ferro de seu pescoço, amarraram seus braços junto ao corpo, o penduraram pela barriga no galho de uma árvore e deram cinquenta chibatadas nele. Na vigésima ele já estava morto, mas continuaram chicoteando, arrancando a pele de todo o corpo, costas, peito, pernas, o sangue espirrando por toda parte. Seguiram em frente, deixando pros abutres aquele pedaço de carne pendurado.

Era uma prática comum, no caminho pro engenho, escolher um negro pra servir de exemplo. Sacrificar uma "peça", pra deixar claro quem estava mandando em quem, e como se punia.

Chegamos no começo da noite e fomos direto pra senzala. Galpão imenso, chão e paredes de barro, duas lamparinas fracas, gemidos, fedor, dezenas de negros deitados no chão, no barro, vestindo apenas bermudas de algodão. Na manhã seguinte, antes de o sol nascer, o trabalho.

Canaviais a perder de vista. Terras que nunca acabavam. E sempre em expansão. Me deram uma foice e uma machadinha e fui com um grupo de negros colocar mata abaixo, abrir campo pra plantio e cortar lenha pra caldeiras, sempre cercados por homens armados.

Só havia duas saídas para aquela situação: morrer ou não.

Os olhos de Gaspar estavam vermelhos como brasa. Minhas mãos apertavam a poltrona. Meus pensamentos ainda não haviam assimilado a informação de que ele "não estava usando o corpo de Gaspar".

— Você morreu e entrou em outro...

— *Não. Ainda não. Decidi viver. E sabe de onde me veio a força, a energia vital?*

— *Diga.*

— *Da machadinha. Sem saber, os brancos me deram a arma de poder dos guerreiros jagas. Um símbolo forte pra mim. Voltar a ter uma machadinha nas mãos foi ter o poder de volta.*

Os jagas não tinham a menor dúvida sobre o bem e o mal. A gente se guiava pela nossa *força vital*. Era muito simples e prático. O que aumentava a força vital era o bem; o que diminuía era o mal.

A morte era a perda completa da força vital. O mal absoluto.

Ser era ter força. *Estar vivo* era o bem.

Os gangas conheciam os truques que davam força. Sabíamos usar a energia dos animais e das plantas. Mas Kikulakaji ensinava:

— Os remédios só ajudam o doente a esperar, enquanto a força não volta. O que o doente tem de *querer* é que a força volte. Tem de deixar que entre novamente no seu corpo.

Em todos os seus feitiços de cura ele repetia baixinho:

— *Mutu kene ukwense, kene mutu*. Pessoa sem vigor não é pessoa. *Mutu kene ukwense, kene mutu*. Pessoa sem vigor não é pessoa.

Espíritos, gente viva, animais, plantas, bruxaria, canibalismo, pedras... — tudo servia pra um jaga aumentar sua força vital. A machadinha me devolveu o *ukwense*, o vigor.

Decidi sobreviver. A primeira providência era não dar motivos pra ser morto. E trabalhar firme. Queriam que eu cortasse árvores? Usei a machadinha como nunca tinham visto. Minha habilidade impressionou os brancos. Enquanto o escravo ao lado cortava uma árvore, eu derrubava três. Sabia qual pedra amolava melhor uma lâmina, dava cortes precisos, achava os pontos fracos dos troncos e dos veios da madeira... Virei um cortador de árvores. Só me escalavam para aquilo. E era o melhor serviço.

No corte da cana, um inferno de mosquitos, cobras, sol escaldante, doenças. Nas caldeiras, escravos agrilhoados pelo pé pra não se afastarem, fornos acesos dia e noite, fagulhas queimando a pele, a maldita gosma de melado borbulhando, fumaça. Na moagem, ainda pior. Ao empurrar os talos de cana com a mão, qualquer distração e a moenda puxava o braço. Tinha sempre um escravo ao lado, com um facão, pronto pra decepar o braço, senão a moenda puxava o corpo todo e estragava o caldo. Acontecia muito. Pelo cansaço. O escravo trabalhava 18 horas por dia, sete dias por semana, dormia em pé. Não descansava nem aos domingos.

Os pagãos não tinham o direito de descansar nesse dia.

No começo isso criou um impasse. Os negros eram batizados antes de vir pro Brasil e até ganhavam um nome cristão, então não eram pagãos e precisavam respeitar o descanso nos dias santificados. As autoridades eclesiásticas resolveram o problema liberando os senhores de engenho desse pequeno rito, em prol do sagrado aumento da produção de açúcar.

Abater árvores me livrou dos serviços piores. Nas matas havia sombra, água fresca e não tinha feitor no meu pé todo o tempo, distribuindo chicotadas. Pra derrubada da floresta mandavam apenas capangas armados, pra impedir fugas.

E eu ia conhecendo a mata brasileira, plantas, bichos, terra, pedras, observando, anotando na cabeça espécies, venenos, tipos de cobras, aranhas, sapos... pro momento da fuga.

Tramei fugir desde a primeira noite. Morrer ali, em poucos anos, era o destino de todos os negros. Maltratados, trabalhando de sol a sol, dormindo sobre o barro, comendo raízes cruas... Muitos se suicidavam com veneno, cortavam a própria garganta ou definhavam de banzo, tristeza.

Parecia um desperdício do senhor de engenho perder mercadoria assim, por falta de cuidado e maus-tratos. Custei a entender. É que o açúcar era levado pra Portugal nos mesmos navios que traziam os escravos da África, então o senhor de engenho era obrigado a comprar negros de qualquer maneira, ou não tinha a quem vender açúcar. Não adiantava cuidar bem do escravo – chegariam mais, de qualquer maneira. Melhor economizar na manutenção.

Agi com calma, pensei bastante, estudei os perigos. Aprendi português e tupi, a língua da maioria dos índios. Havia índios lá. Na fazenda, poucos e já cristãos, domesticados pelos jesuítas. Mas havia muitos nas tribos, nas matas em volta, selvagens, rebeldes, comedores de gente. Eu me preparei. Mas não fiz nada.

Kikulakaji me ensinou:

— Quando o gato não sabe o que fazer, espera o destino do rato decidir o seu.

Eu esperava um sinal.

Ele veio. No verão de 1628.

Um grupo de brancos, comandado por um capitão do mato, entrou no engenho arrastando três negros: dois homens e uma mulher. Eles haviam escapado com outros 13, três anos antes, e descido o litoral, pro sul. Passaram esse tempo escondidos no começo de umas serras, em grutas, comendo caça, frutos e pescando.

O capitão do mato vinha devolvê-los e receber seu pagamento. Além dos três, dentro de um saco escuro, engomado pelo sangue coagulado, trazia dez narizes e vinte orelhas.

Os três fugitivos capturados passaram a noite na senzala, com os pés presos ao tronco. Eu me deitei junto a um deles, o mais velho. Foi a primeira vez que ouvi falar do quilombo dos Palmares.

— Terras altas... Palmares... mata brava... o branco não chega...

O homem falava arrastado, muito baixo, entre inspirações profundas. Levara chibatadas nas costas, nas pernas e caminhara uma semana preso aos outros dois por argolas de ferro no tornozelo. Febre alta – aquilo tudo podia ser delírio, mas juntei as frases soltas e guardei na memória.

— Muito peixe, caça... Palmares... mocambos...

Caminhando duas semanas pelas praias, pro sul, depois muitos dias interior adentro, chegaria a uma região de montanhas altas, mata virgem, impenetrável, cheia de animais selvagens, onças, jaguatiricas, serpentes e mosquitos, de árvores tão altas e copas tão fechadas que o sol não entrava, e embaixo um emaranhado de troncos espinhentos por onde não se conseguia passar, trilhas de barro escorregadio tão íngremes que era preciso

usar as mãos pra subir, selva tão perigosa e inóspita que até índios a evitavam.

Trinta anos atrás quarenta escravos de um engenho da vila de Porto Calvo haviam se rebelado, ateado fogo na casa-grande e no canavial, matado todos os brancos e feitores e fugido, pra escapar dos capitães do mato.

Levaram mulheres, crianças e ferramentas de trabalho. Caminharam muitos e muitos dias pela mata fechada. Subiram, subiram, subiram, com muita dificuldade, escalando rochas, abrindo picadas no mato; muitos morreram pelo caminho atacados por onças, cobras, despencando de rochedos. No topo de uma serra, a mais alta de todas, na beira de um precipício, pararam, abriram clareiras, construíram palhoças, e ali ficaram vivendo de caça, pesca, plantando milho, mandioca e batata-doce. Podiam ver o inimigo do alto. Nenhum branco conseguia chegar ali. Nem capitães do mato, nem forças do governo. Não podiam subir com montarias, muito menos com carroças de armas ou mantimentos pras tropas.

Sobreviveram lá. Com o tempo atraíram outros escravos fugidos. O lugar tinha tantas palmeiras que passou a ser conhecido como quilombo dos Palmares.

A voz do homem saía lenta, do beiço caído escorria um fio de baba, palavras pastosas...

— Outros foram chegando... de todos os engenhos... fugindo... mergulhando na mata... Palmares crescem... muitos mocambos...

Lugar seguro pra se esconder, a notícia se espalhava, instigava fugas, bandos de escravos se revoltavam por todos os engenhos, matando senhores e feitores, escapando da escravidão... todos iam na direção de Palmares. Um sonho.

O governo tentava impedir, armava expedições contra os mocambos já espalhados por vários pontos da serra. Os negros desciam pra saquear vilas e fazendas próximas, os brancos pediam providências. O governador-geral enviava militares, mas eles nem chegavam perto das partes mais altas. Os negros espalhavam nas matas vigias, armadilhas, cavavam buracos e enchiam o fundo de estrepes, preparavam emboscadas e desapareciam na selva. Inimigos invisíveis: era impossível destruir todos os mocambos, era impossível capturar todos os fugitivos.

Os brancos já não podiam acabar com o quilombo dos Palmares.

Os negros que chegavam lá não voltavam. Cada fuga de escravo incentivava outras. Os que ficavam começavam a sonhar com a liberdade de Palmares.

Os poucos recapturados, presos antes de alcançar as montanhas, precisavam ser castigados com a máxima crueldade possível, pra infundir um terror maior do que o sonho de ser livre.

Na testa do mais jovem dos três, marcaram um grande F de fugitivo com um ferro em brasa. Deram trinta chibatadas nas suas costas, o suficiente pra se recuperar e voltar ao trabalho. Espalharam pimenta na carne viva e o prenderam pelos pés ao tronco, na senzala, pra que seus gritos de dor nos atormentassem. Quando conseguiu se recuperar, cortaram o tendão de seu pé direito, pra que não pudesse mais correr.

A mulher recebeu vinte chibatas nas costas, foi amarrada em um tronco, de pé, e o feitor cortou-lhe os peitos com o facão. Ela sangrou e gritou por dois dias até morrer.

O homem que me falou sobre Palmares foi amarrado no pelourinho que ficava no centro do pátio largo, de terra batida, em frente à senzala. Toda a família do senhor de engenho assistiu ao espetáculo: esposa, filhos pequenos, parentes. Quarenta chibatadas. O chicote tinha sete ou oito tiras de couro retorcidas. Como doía mais quando estava seco, e ia ficando empapado de sangue com o uso, o carrasco tinha outros cinco no chão ao seu lado pra ir trocando.

O carrasco contava, em voz alta. Com três chibatadas a pele já se rompe e o sangue escorre. Com quarenta as veias estouram e a gente pode ver os ossos.

Depois de desamarrá-lo, quebraram seus dentes a marteladas e cortaram seus pés com uma navalha. Ele agonizou por três dias, antes de morrer lentamente em um canto da senzala.

Com as mãos presas no alto do tronco, a cada chicotada, o negro se estica, depois cai, amolece – nova chicotada, e estica, e amolece, e cai... De tanto os condenados se esfregarem assim, o tronco acaba bem liso. O suor, o sangue e a gordura tornam os pelourinhos polidos e ensebados. As crianças brancas disputavam pra ver quem conseguia subir até o alto.

Acho que é daí que vem a brincadeira do pau de sebo.

Capítulo 4

Como levar uma vida boa e ser bom

1628. Junho. Época das grandes chuvas.

Chuvas apagam pegadas.

Enquanto cortava a mata, ia pegando cascas de árvores, folhas, esmagando aranhas, matando cobras, guardando tudo num saco de pano dentro da calça de algodão: material pra *quirimbu*.

Queria fugir sem que o dono do engenho colocasse minha cabeça a prêmio. Fingi estar com banzo, parei de comer, de falar, ficava horas olhando o vazio.

Fingi ter banzo pra justificar meu suicídio. Tomei a *quirimbu* durante a noite e amanheci morto, baba branca escorrendo da boca, olhos vidrados e a cabaça com a mistura bem ao lado.

Cavaram um buraco na floresta, jogaram meu corpo lá dentro, nu, e cobriram de terra. Tinham preguiça de cavar fundo cova de escravo. Durante a noite os bichos sentiam o cheiro da carne, desenterravam e comiam. Era comum encontrar pedaços de braços negros roídos, cabeças sem olhos, costelas cobertas de formigas.

Mas pra mim foi bom a cova ser rasa, porque no dia seguinte foi fácil sair dela.

Durante 24 horas aquela *quirimbu* tornava a respiração e o coração tão lentos que não podiam ser sentidos. Um truque ensinado por Kikulakaji pra fingir voltar de calunga, o mundo dos mortos. Virar *zumbi*.

Eu tinha deixado um embornal escondido na floresta com pedaços de carne-seca, farinha, bermuda de algodão, facão e machadinha. Esperei a noite cair e fugi da fazenda.

As serras dos Palmares começavam na altura do cabo de Santo Agostinho, no litoral de Pernambuco, e dali se estendiam pro sul até o rio São Francisco, sempre a uns cem quilômetros do mar. Pra mim a parte mais perigosa era até o cabo. Uns sessenta quilômetros pelo trecho mais habitado da Zona da Mata. Uma faixa quase contínua de engenhos e canaviais, sem poder pegar estradas, trilhas nem caminhar durante o dia.

Percorri a maior parte andando pelas praias, à noite, me escondendo do sol em grutas, comendo polpa de coco e mexilhões crus, sem nunca fazer fogo. Em uma semana cheguei ao cabo de Santo Agostinho e me afastei do mar.

Atravessei um engenho importante, quilômetros de canaviais, casas de colonos, plantações, milharais, cachorros latindo, estradas, carroças... Cinco dias sem dormir, escondido na copa das árvores durante o dia, feitores e escravos passando bem embaixo, corpo besuntado com polpa de jaca pra confundir o olfato dos cães.

Do alto das árvores avistei Palmares.

A silhueta azulada das montanhas, pontas escarpadas mudando de cor à medida que o dia passava, rochas negras antes da aurora, mata em brasa no crepúsculo, a liberdade, o novo mundo.

Venci as últimas noites correndo, Palmares se aproximando, os primeiros vestígios da floresta misteriosa e inóspita. Evitei duas vilas. Por dois dias descansei em uma choça abandonada no meio do mato, matei cutia e comi crua, vi pegadas de jaguatirica.

A planície fértil da Zona da Mata se transformou em colinas, as colinas em morros, os morros em rochas aflorando. A terra escura tornou-se vermelha, engenhos e povoados ficaram pra trás. O Brasil desconhecido e desabitado. O "desertão". Ou só "sertão", como chamavam. Fruta-pão, jaca, laranja selvagem, rios descendo montanhas, floresta densa. Aquilo era Matamba. Eu me sentia voltando pra casa. Pra África. As serras dos jagas. Uma nova Matamba.

Abria caminho a facão e machadinha na mata fechada e espinhenta. Quando troncos e cipós impediam a passagem, prosseguia pelas pedras às margens dos rios, pra manter rumo certo, não me perder andando em círculos. Escolhia sempre o mais caudaloso e encachoeirado, pra chegar ao alto da serra, ao topo da mais alta montanha de Palmares e ali viver isolado de toda a maldita humanidade até o fim dos meus dias.

Escravos fugiam em bando, matando senhores, feitores, capatazes, deixando um rastro de sangue que os capitães do mato seguiam feito urubus. Por isso fugi só. E ninguém me perseguiu porque, pra eles, eu estava morto. Parti na época das chuvas, pelos piores caminhos, subindo os rios mais perigosos, escalando margens de pedras enormes — sempre por onde não deixava pegadas. As águas despencavam do alto da serra com violência, grossas, rugindo como trovoada constante, ecoando nas paredes de mata fechada sobre mim, um teto de túnel verde atravessado por macacos e pássaros.

Comi tiras finas de carne crua de cutia e chupei laranjas por três dias, até que a comida acabou – não encontrei mais frutas, nem cobras, nem caça. Não consegui pescar em águas tão velozes, nem um cascudo embaixo das pedras. Chovia forte todo o tempo e nenhum animal apareceu nas margens pra beber água. Passei noites em grutas úmidas e geladas, dias escalando paredões de pedra cada vez mais altos e escorregadios, o corpo sempre molhado, até não ter mais forças pra prosseguir. Então, em um pequeno platô no alto de uma queda-d'água, encontrei uma pequena praia de areia grossa e uma trilha estreita com rastros dos animais que iam beber água. E marcas de pés, descalços. E um mundéu, uma armadilha de caça.

Acompanhei a trilha durante toda a manhã, cauteloso, machadinha firme na mão direita, desesperado de fome. No começo da tarde cheguei a uma clareira. Três choças incendiadas, marcas de botas por todo lado, metade da cabeça de uma velha negra roída pelas saúvas, junto a restos de fogueira, arcos sem corda e flechas quebradas. Procurei alguma coisa pra comer, revirei cacos de panelas de barro... Nada.

As choças eram esqueletos carbonizados, mas uma delas ainda estava coberta com folhas de palmeiras, então fui andar em volta, atrás delas. Encontrei uma plantação de milho queimada e, entre a lama e as cinzas, três espigas grandes, carbonizadas por fora, o milho assado por dentro. Mais adiante vi as palmeiras. Uma fileira delas. Botei duas abaixo com a machadinha, abri o tronco, extraí o palmito, cortei em pedaços e guardei no embornal, ao lado do milho. Voltei às choças com algumas folhas de palmeira, aproveitei a estrutura da que parecia mais firme e finalmente me abriguei da chuva que estava me deixando maluco.

Continuava sem poder fazer fogo. Durante o dia a fumaça me denunciaria, e na escuridão da noite o clarão seria visto a quilômetros. Comi espigas e pedaços de palmito. Com folhas de palmeira trancei um chapéu largo e com as ramas fiz uma corda fina e a coloquei num dos arcos. A escuridão tomou conta de tudo e desmaiei de cansaço.

O sol ainda não havia nascido, mas o mundo já se acinzentava quando acordei com o barulho das patas revolvendo os cacos de barro. Dois porcos-do-mato. Acertei um deles com a machadinha; o outro fugiu. Abri o animal com o facão. Dia de sorte: carne de porco-do-mato crua pela manhã. Guardei pedaços pro futuro.

Entrei no mato atrás de hastes finas pras flechas. Voltei às palmeiras. Com folhas trancei um canudo pra guardar as flechas nas costas. Com ramas fiz uma *genge*, uma corda, e uma espécie de cinto pra pendurar a machadinha. A chuva tinha dado uma trégua — dia de sorte mesmo! Embornal num ombro, arco pendurado no outro, canudo com flechas nas costas, chapéu na cabeça, voltei pro rio grande.

A sorte e o platô se estenderam por alguns dias de caminhada. Não precisei escalar pedras. Chapéu protegendo da chuva, carne de porco e palmito protegendo da fome, o rio mais largo deixando ver céu e estrelas... O vento contrário impediu que uma onça me farejasse. Matei dois lagartos gordos, comi a carne e fiz uma bolsa forte com o couro, uma *xillo* jaga. Pesquei traíra com flecha, comi macaco e pássaros grandes, de carne macia, e as penas melhoraram a pontaria das flechas.

Não apareceu mais nenhuma trilha, mundéu, nem sinal de gente. Eu era o único homem sobre a Terra. À noite o mundo sumia e só restava o ronco das águas. De dia, lá no alto, surgia o paredão de rocha nua, o gigante com sua coroa de nuvens. Eu queria alcançá-lo. Quando o rio grande entortou pra esquerda e foi se afastando do rochedo, segui um afluente que ia na direção do paredão.

A mata em volta já não era tão fechada. Caminhei pela margem, em terra firme, com folhas trançadas nos pés pra disfarçar as pegadas. Vi rastros de onça, antigos. Contornei uma cachoeira alta e no caminho encontrei um palmeiral selvagem, mais de uma centena de palmeiras pindobas sem marcas de facão – isso mostrava não haver índios, negros nem brancos num raio de muitos quilômetros. Em um tronco, fervilhando num buraco da largura de um punho fechado, uma colônia de vermes gordos, do tamanho de um polegar. Vermes de pindoba, uma iguaria jaga. Comi, as mãos cheias. O rochedo, o gigante coroado, erguia-se bem adiante. Meu lugar era ali.

Subi mais pelo rio, depois caminhei à esquerda pelo leito arenoso de um córrego de águas transparentes, atravessei um bananal com cachos apodrecendo sem serem colhidos, nenhuma marca humana. O rochedo agora era uma muralha de pedra da altura de cinquenta homens; o córrego afinando até a nascente. Parei numa clareira natural que parecia estar à minha espera desde o começo dos tempos e caí de joelhos, livre da escravidão, livre da humanidade.

Gaspar fechou as duas mãos e foi abrindo os dedos, contando. Faltaram dedos.

— Pais devorados. Mãe adotiva violentada e morta. Pai adotivo degolado. Dentes quebrados a pedradas. Como comida, miolos humanos ainda quentes dentro de crânios inimigos. Preso. Vendido. Revendido. Marcado a faca, a ferro em brasa. Jogado num porão de navio. Viagem com cadáveres se putrefazendo ao lado, doentes vivos atirados ao mar pros tubarões. Chi-

coteado. Escravos torturados por nada. Trabalho de sol a sol. Carnificina. Mulher de peitos cortados a facão gemendo até a morte. Narizes e orelhas negros dentro de sacos. Olhos furados com ponta de faca. Não. Chega! Nunca mais vou fazer parte do mundo dos homens.

— E depois nós vampiros é que somos do mal.

Fiz várias viagens pelo córrego arenoso, do palmeiral à clareira, levando fardos de folhas pra trançar e fazer telhado. Algumas hastes viraram ripas pra armação das paredes, de outras desfiei fibras pra amarração das ripas. Finquei quatro troncos no chão, cerquei com um trançado de ripas, joguei barro úmido, alisei e construí paredes fortes pra resistir ao vento e à chuva.

— Palmeiras serviam pra tudo — interrompi sem querer.

— Acho que foi por causa delas que os negros escolheram aquele lugar. Não é à toa que se chamou quilombo dos Palmares. As palmeiras davam tudo de que o africano precisava. Ao ferir o pé dos cachos obtínhamos a seiva, que escorria pra uma cabaça; depois ela era fermentada e dava uma espécie de vinho doce e bom. Se quiséssemos quimbango, *vinho mais forte e amargo, cortávamos mais fundo na base dos cachos, chegando ao coração da palmeira — mas aí era uma vez só: esgotava a seiva, a palmeira não produzia mais. Pra* mucungolo, *vinagre, colhíamos a seiva das raízes. Os frutos a gente comia crus, assados ou cozidos. Espremidos, davam manteiga e azeite, usado em lamparinas e pra fazer unguento ou sabão a partir de uma mistura com plantas ou cinzas. Os caroços triturados viravam farinha e pão. Da entrecasca do tronco se fazia um tecido forte, o* empuco, *pra roupas e cobertas. Da ponta que prendia a rama ao tronco a gente tirava uma espécie de lã, pra forrar cama e travesseiro...*

— O palmeiral era um supermercado.

Fiz um bom arco e muitas flechas. As matas em volta estavam cheias de antas, capivaras, porcos-do-mato, tamanduás, cutias e gambás. Nos rios, flechava traíras, carás, piabas, desentocava pitus e caranguejos. Das copas das árvores derrubava jaçanãs, paturis, juritis e acauãs.

Havia goiaba, pitomba, coco, fruta-pão e jaca. Sem plantar, colhia manjericão, alecrim, louro e taiobas gigantes da beira dos rios.

Nunca descuidei da segurança. Armei a fogueira numa reentrância na base do rochedo, que escondia o clarão do fogo e fazia a fumaça subir como por uma chaminé e chegar ao alto quase desfeita. Só me afastava da clareira pelo leito do rio, pra não deixar pegadas. Tinha sempre lenha, água e peixe seco estocados numa caverna, pro caso de precisar me esconder.

E construí um mirante, um jirau, entre os galhos de um enorme pau-d'alho, pra vigiar a subida da montanha. Do lado direito, os galhos pendiam sobre o precipício. Do lado esquerdo, a visão da floresta, os vales, os picos mais altos se perdendo no horizonte azulado ou furando o colchão de nuvens. Atrás, a parede de rocha nua onde as imensas acauãs amarelas faziam ninhos.

Gaspar levantou, colocou as mãos no batente da janela e olhou para o morro, a favela, a terra escura salpicada de lâmpadas.

— Eu subia no jirau pra me sentir suspenso sobre o mundo, senhor de um vasto império, inatingível. Aquela imensidão esmagadora e eu lá, livre, longe dos homens, numa felicidade sem limites, vestido com casca de palmeira, pele de bichos, cinto de cobra, bolsa de lagarto. Eu via o dia morrer lá do alto, a paz caindo das estrelas e o sossego invadindo a minha alma. A noite apagava a luz lentamente sobre aquele mar infinito de árvores e a paz de espírito chegava quando eu sentia que não era nada diante de tudo aquilo. Depois o mundo ficava escuro como antes da criação das coisas e começava a sinfonia de grilos, sapos e morcegos que me acompanhava até a cabana e entrava nos meus sonhos.

Fiquei completamente isolado no alto daquela montanha, a mais alta a leste da cordilheira dos Palmares, sem ver nem falar com outro ser humano, numa solidão cósmica que não era só física e atual, mas que vinha também do vazio absoluto do meu passado.

Não sabia quem eram meus pais, estava a milhares de quilômetros de onde tinha nascido, não era nada, não possuía nada, ninguém me conhecia.

Naquela nova terra eu era mesmo um zumbi. Pros outros, meu corpo estava morto e enterrado numa cova rasa na beira de um canavial. Do passado, minha única saudade era de carne de hipopótamo assada.

Muitos negros na África fugiam pra pontos isolados das florestas pra viver como eremitas, entocados em cavernas, a fim de escapar da escravidão ou apenas renegando a humanidade. Viravam bichos, só comiam carne crua e acabavam perdendo a fala. Uma vez topei com um assim nas montanhas de Matamba. Ele só grunhia e seu olhar não era mais de gente.

Ninguém os capturava, porque não serviam pra escravo, nem os atacava, porque não faziam mal a ninguém. Algumas tribos os consideravam santos, de tão "bons" — e querer ser santo e bom era um dos motivos de um sujeito virar eremita.

— *Kikulakaji dizia que os eremitas só eram bons porque eram eremitas. A quem poderiam praticar o mal se estavam sozinhos? Mas bastaria voltar a conviver com gente e se tornariam maus pra alguém, como todo mundo. Ele tinha razão. É por isso que os mosteiros e retiros espirituais estão cheios de pessoas boazinhas, não é? Quer dizer, o homem só é bom longe dos outros.*

— *O que torna a humanidade inviável.*

Eu procurei me manter humano, assar carnes, construir ferramentas, fazer vinho, comer em panelas de barro, ter casa, plantar... Mas esqueci quase todo o resto: os deuses, os mitos, a fé, os rituais... Das crenças dos bantos fiquei só com a força vital, *ukwense*, o vigor.

Estar sempre forte.

Escolher o caminho que fortalece.

E que a humanidade inteira se danasse.

A solidão durou cinco anos.

Media o passar do tempo pelas flores do pau-d'alho onde havia feito meu mirante. Elas apareciam em setembro. Na quinta vez que desabrocharam vi uma fogueira, à noite, longe. Uma semana depois eram duas fogueiras, uma ainda bem distante da outra. E assim elas foram aparecendo, pequenos pontos de luz espalhados pela floresta imensa, como se as estrelas estivessem caindo.

Algumas fogueiras se aproximavam, parecendo querer alcançar o rochedo, até que numa noite quente de verão escutei um batuque de negros. O primeiro som humano que ouvia em cinco anos.

Os idiotas procuravam as matas pra se esconder, mas acendiam fogueiras enormes e faziam batucadas.

Só entendi o que estava acontecendo muito tempo depois. Os holandeses haviam invadido Pernambuco e as serras de Palmares se enchiam de escravos que fugiam no meio da guerra dos brancos.

A humanidade ia me alcançar.

5

Capítulo

Como fazer um homem perder o rumo

A primeira vez que ouvi falar deles foi no navio negreiro. A tripulação viajou todo o tempo com medo de ser atacada pelos holandeses. A Holanda queria dominar o comércio internacional de açúcar e escravos. Financiava piratas pra atacarem navios portugueses no Atlântico. Tentava ocupar as regiões que produziam açúcar e vendiam negros. Em 1630 eles afinal conquistaram Recife e de lá partiram pra ocupar vilas, povoados, engenhos, expulsando soldados, moradores, comerciantes, senhores de engenho, famílias inteiras... O povo formava arraiais pra resistir, se embrenhava no interior ou fugia pra outras capitanias.

Nos engenhos atacados pelos invasores, os negros aproveitavam a confusão e escapavam pras serras de Palmares. As tropas portuguesas e as milícias dos senhores de engenho, desbaratadas, tentando se organizar pra lutar contra o invasor, não podiam conter a debandada geral dos escravos. Senzalas inteiras, homens, velhos, crianças, mulheres. Não era pouca gente. Desde o começo do século, todos os anos chegavam mais de quatro mil negros a Pernambuco.

Quando comecei a ver as fogueiras subindo na direção do rochedo, e a ouvir batuques, era 1633. A invasão holandesa já durava três anos, mas eu não tinha a menor ideia do que estava acontecendo.

A cada noite uma das fogueiras ficava mais perto, e o batuque, mais alto. Em breve iam alcançar o palmeiral, veriam as marcas do facão, achariam o caminho até minha casa. Eu me escondi na caverna. Pouco depois eles chegaram.

Duas dúzias de escravos fugidos ocuparam a clareira, minha casa de sopapo e o jirau. Fizeram fogueiras e batuques. Levantaram outras choças. Vasculharam toda a mata em volta, mas não me encontraram.

Fui embora. Palmares era grande, encontraria outro lugar isolado. Desci caminhando pelo leito do riacho. Ouvi risos. Avancei, escondido entre o mato, e lá estavam elas: duas negras jovens, lindas, tomando banho, nuas. Segui em frente.

Mas já não era o mesmo.

Eram muito comuns, entre os séculos XVI e XVIII, os assaltos a navios mercantes por piratas secretamente contratados por governos de nações inimigas. A essa prática dá-se o nome de guerra de corso, praticada por países como a Holanda — na época, em conflito com a Espanha (associada a Portugal por causa da União Ibérica).

Tinha 32 anos. Não consegui mais tirar a imagem daquelas mulheres da cabeça.

Na primeira vez que me abaixei pra beber água e olhei meu reflexo no rio, achei que precisava aparar o cabelo. Cinco anos sem cortar, a carapinha era uma bola imensa. Afiei o facão numa pedra e me tosquiei.

Continuei adiante, confuso, já sem querer me isolar tanto.

Mesmo que quisesse, seria difícil. Havia mocambos por todo lado. Eu os espiava de longe. A maioria era pequena, provisória. Mas alguns mocambos eram enormes, fixos, com centenas de moradores.

Descobri também que Palmares não era só serras altas e picos rochosos: havia vales com rios largos e mansos, lagoas e campos de terra vermelho-escura muito fértil, onde se podia plantar e criar gado.

Há tempos os negros estavam fugindo, levando ferramentas, armas e mulheres e se estabelecendo ali, fazendo lavoura, tendo filhos e chamando o lugar de Angola Janga, Pequena Angola. Eu ouvia choro de recém-nascido, atravessava plantações de milho, mandioca, feijão e batata-doce, encontrava aleias de palmeiras plantadas, criações de galinhas e porcos, hortas e pomares.

O primeiro grande mocambo que encontrei, guiado pelos batuques das festas da colheita de milho, foi o do Amaro. Os mocambos tinham o nome de seus chefes. Era uma rua comprida, formada por centenas de choças, uns mil negros, alguns índios, cercada por uma paliçada alta, fossos e armadilhas.

Negros de tribos diferentes misturados nos libambos que os arrastaram pelo pescoço através das matas africanas, embaralhados nos barracões do porto de Luanda, embolados nos porões dos tumbeiros e nas senzalas, continuavam se misturando em mocambos gigantescos. E se juntavam a índios de várias tribos que também fugiam do cativeiro dos engenhos ou da catequese dos padres. Uma confusão de dialetos e deuses, todos unidos pelo inimigo comum.

Palmares era o inferno pros soldados do governo. Buracos cheios de estrepes camuflados no meio das trilhas, caminhos falsos que terminavam em paredões de rocha e deixavam as tropas acuadas, flechas atiradas das copas das árvores por inimigos invisíveis, cobras, mosquitos, onças, febres... Abrir o caminho a facão, rasgados pelos espinhos, subir e descer montanhas... E tudo isso carregando nas costas armas, pólvora, balas, capote, farinha, água, peixe, carne e rede, porque nas trilhas estreitas não passavam carroças nem mulas.

Os brancos combatiam com as tropas concentradas. Isso, na floresta, era um desastre. Os negros guerreavam em grupos dispersos, pequenas unidades, atacando e desaparecendo em emboscadas fulminantes, deixando mocambos pra trás e erguendo outros mais adiante, evitando ataques diretos, desgastando o inimigo. Era a "guerra do mato". A gente já fazia isso havia séculos nas matas da África.

Continuei andando por lá, com o vago propósito de arranjar mulher, o que era muito difícil porque havia bem poucas. Os colonos queriam comprar negros homens. Mulheres negras só completavam os lotes, numa média de uma para dez homens.

Não pude evitar o papo de botequim:

— E como vocês se viravam?

— Raptavam mulheres nas vilas e nos engenhos, negras, índias e às vezes até algumas brancas. Mas havia uma partilha injusta. É que nos mocambos havia poligamia e poliandria. Poligamia pros negros importantes, os sobas, os feiticeiros e os chefes militares. Poliandria pros negros comuns. Quer dizer, negros importantes tinham uma porção de mulheres. Negros comuns dividiam a mesma mulher.

— Você estava em qual grupo?

— Nenhum dos dois. Não tinha poder nenhum, mas não queria saber de poliandria. E não havia nenhuma chance de encontrar uma mulher solitária, linda, no meio do mato.

— Raptou alguma?

— Se eu obrigasse uma mulher a ficar comigo à força, sem ter pouso, teria de vigiar todo o tempo pra que não fugisse.

— Não acreditava no amor?

— Ela ia precisar estar muito apaixonada pra aceitar viver em cavernas, comendo carne crua.

Mas por via das dúvidas segui sempre de banho tomado e cabelo aparado, usando tanga de pele de jaguatirica, penas coloridas nas flechas, bolsa de couro de lagarto envernizada com seiva de carnaúba e um vistoso cinto de cascavel pra pendurar a machadinha.

Parei de fugir dos grupos de negros que atravessavam meu caminho, sentei à roda de fogueiras, voltei a comer carne assada, milho tostado e mandioca cozida.

Acompanhei um grupo que ia pra Acotirene, outro grande mocambo, a uns trinta quilômetros de Amaro. De lá, atravessei uma serra alta chamada Dois Irmãos e em 1634 cheguei ao mocambo de Dambrabanga.

Ali encontrei dois escravos fugidos do antigo engenho em que trabalhei.

Um deles tinha me enterrado na cova rasa.

Pra eles, eu havia morrido. E não pude negar, havia os *carimbos*, a marca do pombeiro e da Coroa Real. Fui considerado um cadáver ressuscitado, alguém que tinha ido à calunga e voltado.

Fantasma de carne e osso!

Zumbi.

A palavra zumbi é de origem africana (em quicongo, *zumbi*; em quimbundo, *nzambi* ou *nzumbi*), utilizada originalmente para nomear um deus e, posteriormente, para designar "cadáveres reanimados". Outro significado possível é "deus da guerra" e, devido a essa associação entre guerra e espírito, alguns sobas costumavam ser chamados de Zumbi.

A notícia correu. Não desmenti; ao contrário, me lembrei dos ensinamentos de Kikulakaji.

As pessoas *querem* ser enganadas. Reforcei o engano. Mistifiquei-me. Fiz relatos minuciosos do que vi em calunga, preparei *quirimbus* pra provocar alucinações, andei sobre brasas, inventei línguas, criei rituais malucos e invoquei deuses que nem existiam.

Tornei-me o ganga mais importante de Dambrabanga.

Ganhei três mulheres jovens e lindas e deixei de achar a poligamia uma coisa injusta.

Os holandeses tentavam avançar sobre o resto de Pernambuco. O governador da capitania, Matias de Albuquerque, organizava a resistência. Ele construiu um forte no arraial de Bom Jesus, a seis quilômetros de Recife, e recebia apoio de homens de todo o Nordeste: senhores de engenho, soldados, comerciantes e até índios e negros. Conseguiram sitiar os invasores em Recife e Olinda, ocupando as matas em volta, numa estratégia de guerrilha feroz, com emboscadas e armadilhas, cortando o abastecimento de víveres e lenha.

Os holandeses ofereceram vantagens, favores e prêmios a quem passasse pro lado deles. Muitos brasileiros, principalmente índios, descontentes com os maus-tratos e a falta de reconhecimento dos portugueses, aceitaram. Os portugueses também não eram invasores?

Domingos Calabar, um mameluco da vila de Porto Calvo, que ficava a uns cem quilômetros do mocambo de Dambrabanga, dono de gado e terras, foi um dos que passaram a apoiar os holandeses. Ele conhecia a região, o curso dos rios, as tribos indígenas, as estratégias das tropas portuguesas. Serviu de guia.

Deram a ele o posto de major, e com sua ajuda tiveram vitórias importantes, conquistaram vilas e avançaram pelas capitanias da Paraíba e do Rio Grande do Norte. Ao sul, tomaram o ancoradouro do cabo de Santo Agostinho e dominaram o litoral até lá. Acabaram invertendo a situação e sitiaram Matias Albuquerque e suas tropas no arraial de Bom Jesus.

A resistência se tornou insustentável; o povo do arraial passava fome, comia ratos... Em junho de 1635 o governador foi obrigado a comandar uma retirada pra Alagoas, levando sete mil pessoas. O problema é que, em março, Calabar havia conduzido uma tropa holandesa a Porto Calvo e conquistara a vila onde havia nascido. A única estrada entre o arraial de Bom Jesus e Alagoas que podia ser usada pelos carros de bois passava por Porto Calvo.

Matias de Albuquerque teria de abrir passagem à força, enfrentando Calabar e uma tropa de quinhentos homens, entre holandeses e índios potiguares, muito bem armados.

Por obra do destino, em junho daquele ano eu desci de Dambrabanga liderando um grupo de dez homens em direção a Porto Calvo, levando rolos de fumo, sacos de milho, mandioca, batata-doce, cestos de palha e panelas de barro. Fazendeiros e comerciantes negociavam secretamente com os negros fugidos pra abastecer as vilas nos arredores de Palmares.

Acampamos nas margens rochosas de um rio largo. Enviei batedores e eles voltaram com a notícia de que Porto Calvo estava nas mãos dos holandeses. Sem condições de negociar naquele momento, nem de voltar com as mercadorias montanha acima, decidi esperar. Enquanto isso, curioso sobre os holandeses, fiz incursões noturnas pela região, sozinho, procurando entender o que se passava.

Numa dessas noites, ao me aproximar da estrada larga que vinha do arraial de Bom Jesus, vi um posto avançado das tropas estrangeiras. Eu já conhecia Domingos Calabar de nome e fama. Pelas conversas, descobri que ele era um daqueles homens, comendo carne de capivara e bebendo cachaça. Um sujeito muito forte, troncudo e falante.

Quando todos dormiram, vi Calabar levantar e se embrenhar no mato, sem lamparina, e o segui.

A lua estava bem cheia no céu e podia vê-lo a distância. Calabar caminhou até chegar a uma clareira e então parou, flexionou os joelhos e saltou, um salto inimaginável, desaparecendo no ar.

Não tive nem tempo pra ficar confuso. Ele caiu em cima de mim, como se despencasse da copa de uma árvore. Com um golpe de cotovelo derrubei o sujeito, rolei pra frente e fiquei de pé, no meio da clareira, já com a machadinha na mão direita. Calabar tornou a pular sobre mim. Eu o atingi com a machadinha, abri um grande talho do lado direito da cabeça dele, deixando a orelha pendurada. Como uma onça, ele mostrou dois caninos imensos, prateados, refletindo o luar. Chutou meu braço. Fez a machadinha voar longe. Com força sobre-humana me agarrou e cravou os caninos no meu pescoço.

Senti o sangue sair, mas não escorrer, nem esguichar. Fui sugado por Calabar, bebido por ele, como faziam os africanos e como eu mesmo havia feito pra amedrontar os negros no porão do navio negreiro!

Minhas forças se esvaíam, a mente ficou confusa, não conseguia reagir, lutar... Calabar também sugava minha alma. Imagens do passado voltavam como fragmentos de um sonho acelerado, desde a infância na selva até o jirau sobre o abismo, as negras nuas na cachoeira — tudo se esvaindo pra dentro de Calabar. O cheiro de sangue, o líquido vermelho e pegajoso lambuzando seu rosto e o meu...

Percebi que meu sangue espirrava pra todos os lados e agora me reanimava. Abri os olhos, entendi... Calabar sugava minha jugular com os dentes, mas a pressão era muito forte e parte do sangue esguichava pelo talho da machadinha acima da sua orelha direita.

Os jagas untavam o corpo com sangue antes das batalhas, tiravam energia do sangue, do odor e do gosto do sangue, bebiam o sangue do inimigo em cabaças...

Abri a boca e bebi meu próprio sangue que saía de Calabar.

Deixei o esguicho cair dentro da minha boca, sorvi em grandes goles, minha consciência foi voltando, aos borbotões, até que tive forças pra reagir. Arranquei a orelha de Calabar com uma dentada e a engoli.

Ouvi o grito, fui largado e desabei no chão. Calabar uivava pra lua como um lobo, tentando estancar o sangue que jorrava pelo buraco do lado direito da cabeça.

Vi o brilho leitoso da machadinha ao luar, rolei até ela e, quando Calabar veio pra cima de mim de novo — visão dos infernos: caninos pra fora e olhos vermelhos, a boca cheia de sangue, o esguicho de sangue brotando da cabeça —, a cravei em seu peito.

Ele recuou, vacilando, olhando com ódio pra mim e com espanto pra machadinha. Começou a andar pra trás, e pra trás, até desaparecer na mata.

vez mais rasantes. Estendido na clareira, lutei pra não perder a consciência. Tapei a boca com a mão direita, como Kikulakaji tinha me ensinado, pra que o *moenho*, a vida, não saísse do meu corpo, e me arrastei até a mata. Macerei folhas com as mãos e estanquei o sangue da garganta com um emplastro. Depois fechei os olhos e desmaiei.

Acordei com os primeiros raios do sol queimando meus pés. Ardia. Encolhi as pernas. Estava vivo.

O pulo impossível de Calabar, o ataque, os dentes, a mordida, o jeito como ele bebeu meu sangue, a força descomunal... só um *kuxaketa* era capaz daquilo.

Kuxaketas eram feiticeiros que invocavam o próprio demônio. Mas Kikulakaji ensinara que tudo era truque, que não existiam demônios. Na certa, Calabar tomara alguma *quirimbu* muito poderosa.

Meu corpo estava gelado, mas eu não sentia frio. Fiquei de pé, a cabeça rodou, tive convulsões e vomitei. Caí de quatro e vomitei mais.

Vomitei a orelha de Calabar.

Eu me ergui novamente, encostei em um tronco, respirei fundo... e descobri que não respirava mais! O peito não se mexia, o ar não entrava nem saía.

A *quirimbu* que Calabar tomou devia ser parecida com a que eu tinha usado no truque da ressurreição, lá no engenho. Tornava a respiração e os batimentos do coração imperceptíveis. Quando bebi o sangue de Calabar, bebi junto a *quirimbu*. Só podia ser isso.

Mas eu estava "vivo" ali na floresta, no mundo real, macacos e passarinhos entre as copas das árvores, moscas zumbindo em volta de mim, formigas cobrindo a orelha no chão.

Eu não respirava, mas não estava morto.

Arrisquei alguns passos. As pernas pareciam firmes, bem firmes. Tinha de ir atrás de Calabar, arrancar dele o antídoto. Segui o rastro, o mato amassado, a pegada de bota com a ponta mais funda na terra, de quando se anda de costas. Depois encontrei a machadinha, limpei o sangue da lâmina numa folha larga e mudei de rumo. Não queria encontrar os holandeses em seu posto junto à estrada, muito menos enfrentar Calabar novamente antes de me sentir forte.

Lá pela metade do dia estava de volta ao meu acampamento. Não contei o que havia acontecido. Meus companheiros de Dambrabanga me esperavam, agitados, com boas notícias. Naquela tarde mesmo, um comerciante de Porto Calvo mandaria uma tropa de mulas com moedas de prata, armas e pólvora pra trocar pela mercadoria que tínhamos trazido.

Dois porcos-do-mato assavam na brasa, mas eu não tinha fome. Um dos homens se abaixou pra cortar um naco de carne e uma descarga fulminante de chumbo atingiu seu rosto.

O estrondo ainda ecoava na floresta e outro negro dos nossos caiu, o peito atravessado por flechas.

Os inimigos atacaram. Holandeses e índios. Uma emboscada. Traição.

Mosquetes atiravam, flechas partiam de todo lado. Eu me joguei no chão, rolei na direção do rio, me meti entre as pedras. Outros negros fizeram o mesmo, pois só tínhamos facões. Quando o inimigo passasse pra outra margem, ficaríamos cercados: a única saída era surpreender. Dei a ordem a meus homens e saltei do meio das pedras, gritando:

— *Puté! Puté!*

O grito de guerra jaga.

Os seis negros que restavam se juntaram a mim contra os inimigos. Dois foram logo mortos, mas os holandeses não conseguiram conter o avanço e tiveram de se defender com espadas. Nossos facões vibraram, arrancando cabeças, braços, rasgando peitos, abrindo ventres.

Decapitei um soldado holandês, fui ao chão junto com ele e tudo em volta caiu em completo silêncio. Fechei os olhos e comecei a engolir alguma coisa em grandes golfadas, a própria essência da vida, o *moenho* se tornando um rio e eu agachado, bebendo, cada vez mais forte, mais calmo. Quando abri os olhos, descobri que a batalha terminara, meus homens me cercavam confusos, apavorados, vendo como eu sorvia o sangue que esguichava do pescoço cortado do soldado holandês.

Olhei pro meu peito e vi três pontas brotando dele.

Havia três flechas espetadas nas minhas costas.

Caí pra frente e morri.

— *Aí você perdeu aquele corpo antigo e entrou nesse?*

— *Calma. Ainda não.*

Cavaram uma *embilla*, uma sepultura, me enterraram e partiram pra Dambrabanga antes que os holandeses que haviam escapado trouxessem reforços. Deixaram as mercadorias pra trás.

Sete noites depois a terra que cobria a *embilla* mexeu. Cabeça, ombros, tronco... saí da sepultura, me sacudi, espanei o corpo com as mãos pra me livrar da terra, apalpei as costas, olhei o peito, a barriga – nada, nenhuma marca das três flechas. Pensei que a *quirimbu* de Calabar devia ser muito mais poderosa que a minha.

Os corpos ainda estavam lá, holandeses, índios e negros, apodrecendo, meio comidos pelas feras. Sentia-me bem, revigorado. Era a segunda vez que "ressuscitava". Devia estar pegando prática. Continuava sem sentir a respiração, com o corpo gelado e seco por dentro. Fui lavar o rosto e beber água no rio. O primeiro gole causou um jato de vômito avermelhado. Tentei novamente. Vomitei sangue puro. Não conseguia engolir água. E descobri que não tinha reflexo!

Minha visão estava diferente. Eu via uma aura avermelhada na superfície das coisas, captava o menor movimento: o pulo de um grilo, a folha se desprendendo do talo. Olfato e audição também estavam mais apurados. Sentia o fedor dos saguis dormindo no alto da copa das árvores, o aroma do mel no buraco de um tronco do outro lado do rio; ouvia o farfalhar de um pequeno gafanhoto sobre a grama seca, o ribombar de trovoadas muito distantes — ou seriam tiros de canhão?

Uma grande energia agitava meus músculos, estava cheio de *ukwense*, tinha vontade de correr e pular. Experimentei. Corri tão rápido quanto uma jaguatirica, alcancei os galhos das árvores com saltos, pulei entre as copas das árvores como um macaco, até que um galho se partiu, despenquei de uns vinte metros e bati com as costas no chão com toda a força. Levantei sem ter quebrado nenhum osso ou sem sentir dor.

Ergui um enorme tronco caído como se fosse um cabo de enxada. Possuía a força de vinte homens. Não sentia fome nem vontade de fazer xixi ou defecar. Tinha apenas sede, mas não de água.

Minhas unhas estavam diferentes, pontudas e duras como garras de felino. Rasguei a casca de um tronco com elas.

Eu achava que a *quirimbu* de Calabar tinha me dado um poder fabuloso! Precisava arrancar dele o segredo daquela fórmula!

Quando o dia começou a clarear, me senti finalmente cansado, muito sonolento. Cheguei a uma formação de pedras altas, ao lado de um pequeno lago pantanoso, subi e estiquei o corpo. Lá de cima ia poder ver a aproximação dos inimigos. Quando os primeiros raios de sol me atingiram, a dor foi insuportável.

A pele dos meus pés, onde o sol batia, explodiu em bolhas, queimando como folha seca. Tentei protegê-los com as mãos e elas se encheram de ranhuras, de onde brotou uma fumaça escura. A luminosidade do dia ofuscou minha visão, a luz atravessou as pálpebras, inundou meu cérebro com um vermelho que o fritou por dentro. O mundo se transformou numa fornalha; pássaros viraram fagulhas, a pedra era uma chapa quente... Mais um pouco e eu borbulharia como melado no tacho. Pulei no lago, afundei na lama escura e perdi a consciência.

Fiquei três dias e três noites enterrado na lama. Quando saí, não havia sinal de queimadura nos pés ou nas mãos e me sentia ótimo.

Sob efeito do "feitiço" de Calabar, o sol agora era meu inimigo. A lembrança da agonia me aterrorizou: pele explodindo, mundo transformado numa imensa fogueira, corpo crepitando por dentro... Já não queria a fórmula daquela *quirimbu*. Queria o sol. Queria o antídoto! Tinha de encontrar Calabar.

Voltei à estrada que ia a Porto Calvo. No posto avançado dos holandeses só havia restos de fogueira e pegadas; marcas de botas seguiam emboladas na direção da vila, mais fundas no calcanhar. Os soldados tinham corrido.

Segui os rastros da tropa. À medida que me aproximava de Porto Calvo, surgiam pedaços de fardas ensanguentadas, arcos, flechas, lanças, mosquetes quebrados e o cheiro nauseante de carne putrefata — sinais de uma grande batalha.

Por quatro noites procurei Calabar nos arredores da vila, escondendo-me do sol durante o dia. Na segunda noite raspei a cabeça, pois os gangas acreditavam que feitiços maléficos se prendiam aos cabelos das vítimas, mas na noite seguinte a cabeleira estava do mesmo tamanho de antes.

Matias de Albuquerque e sua gente, obrigados a abrir passagem em direção a Alagoas, haviam lutado contra os holandeses e vencido. Porto Calvo voltara ao domínio português e trezentos holandeses e índios potiguares estavam detidos no forte. Fui até lá, protegido pela escuridão da noite, e encontrei Domingos Calabar.

Aos pedaços.

Calabar tinha sido enforcado como traidor e esquartejado. A cabeça e outras partes de seu corpo estavam espetadas na paliçada do forte.

Eu nunca mais saberia qual era o antídoto. Afastei-me rápido em direção à mata, atordoado, condenado pra sempre àquilo, num desespero crescente, sem perceber que dois soldados portugueses me seguiam, já com os mosquetes apontados. O cheiro da mecha acesa me alertou. Um dos homens tombou com a machadinha cravada na testa. Pulei sobre o outro como um felino, os dois caninos saltando da boca, e cravei os dentes no pescoço dele, perfurando a jugular, sugando, sugando, o sangue entrando, irrigando todo o meu corpo, aplacando aquela sede estranha que me atormentava havia várias noites, acabando com a secura que eu sentia por dentro... imagens de outra vida, o oceano, medos, batalhas contra índios... Ouvi gritos, levantei a cabeça. Um grupo de soldados corria em minha direção, gritava, apontava armas. Meus braços estalaram, viraram asas negras; meu corpo se comprimiu, diminuiu até não mais que um palmo; as pernas, pequenas como as de uma rã, se cobriram de penugem preta... ouvi os disparos e voei.

Escapei dos tiros voando pela noite.

Primeiro em círculos, depois pra longe.

Transformado em morcego.

Capítulo 7

O vampiro entra na guerra

— 1635. Eu tinha 34 anos. Teria 34 anos pra sempre. E agora era uma criatura da noite, virava morcego e só me alimentava de sangue.

— Você ainda não sabia o que era?

— Não.

Ofereci a ele um copo de sangue gelado e fomos à cozinha.

— Muito bom...

— É sangue de bode — expliquei. — Consigo fresco, na feira de São Cristóvão. Digo que vou fazer uma buchada. Mas então você era vampiro e não sabia...

— E, mesmo depois que soube, ainda fiquei sem entender como Calabar havia me transformado em um. A explicação veio com a leitura do seu livro, O vampiro que descobriu o Brasil. *Aí tudo fez sentido. Naquela época o corpo de Calabar estava sendo ocupado pelo espírito de um vampiro poderoso chamado Domingos, que tinha o poder de invadir corpos humanos.*

— E ele passou esse poder a você... já que esse corpo aí não é o seu.

— Calma. Vou chegar lá.

Eu havia passado toda a vida envolvido com sangue, bebia o sangue dos inimigos mortos, passava sangue no corpo antes das batalhas e colocava sangue nas oferendas aos deuses. Todos os deuses queriam sangue, até Jeová, o deus dos católicos. Sangue era o símbolo da vida, alimento principal das entidades que precisavam ressurgir da morte. Quem morria sentia saudade da vida, do que não tinha, do sangue. Todos os deuses, entidades, espíritos dos antepassados, todos os que estavam em calunga, o mundo dos mortos, ansiavam por sangue, e pra proteger os vivos exigiam sangue, sacrifícios de sangue, subornos de sangue. Se agora me alimentava de sangue, só podia estar morto mesmo.

Eu continuava achando que estava sob o efeito de uma *quirimbu*. A mesma que Kikulakaji usava pra enganar, morrer e virar "zumbi" só por um dia e uma noite... Mas a de Calabar era pra sempre. "Matava", só que a pessoa continuava existindo no mundo dos vivos, um morto-vivo, um zumbi *de verdade*, sem ter ido pra calunga. Era isso que eu pensava.

Não voltei pra Dambrabanga. Me embrenhei na mata e tornei a fugir da humanidade. Não tinha mais necessidades humanas, não precisava caçar, plantar, pescar, perdera o desejo por mulheres, só queria sangue. Não precisava construir choças. Passava o dia no fundo de grutas, poços, enterrado na lama ou na terra, qualquer lugar onde a luz do sol não me alcançasse.

Enlouquecido pela sede, atacava soldados que se afastavam das tropas à noite, enterrava os caninos nas jugulares e sugava sangue e alma dos inimigos brancos. Holandeses e portugueses.

Vaguei sem rumo pela floresta, desgrenhado, sujo, coberto por uma crosta repugnante de lama e sangue coagulado; deixei de falar, virei um monstro noturno dos mais horripilantes, sem encontrar sossego.

Enquanto isso, o quilombo dos Palmares se tornava cada vez mais povoado, sem pontos isolados. Tentei voltar pra minha primeira morada, a caverna ao pé do rochedo. Mas havia um mocambo de mais de cinquenta choças lá, com crianças, galinhas, horta, velhos balançando em redes, fumando liamba. A *minha* liamba. A liamba que eu havia plantado para os meus dias de tristeza. Kikulakaji tratava banzo com liamba, maconha. Dava um cachimbo de barro cheio de maconha, com um canudo comprido de taquari pra aspirar, e logo o sujeito estava feliz e rindo feito um idiota. Subi em meu antigo jirau, mas não suportei o cheiro do pau-d'alho.

— *Quem eu era agora? O que eu era?*

— *Um vampiro!*

— *Como eu podia saber? Na África não havia vampiros assim, como nós. Tínhamos três "monstros" que se alimentavam de sangue:* quifumbulas, asasabonsans *e* obayifos. Obayifos *eram bruxos capazes de deixar seus corpos e viajar como bolas de luz pra sugar o sangue de crianças durante a noite.* Asasabonsans *chupavam o sangue de suas vítimas com dentes de ferro, moravam na floresta, no topo das árvores, e puxavam as pessoas pros galhos com seus pés em forma de gancho. Os* quifumbulas *eram feiticeiros que podiam se transformar em animais, como leões e leopardos, e sugavam o sangue dos outros pelo nariz.*

— *Diferentes mesmo.*

— *Eu parecia ser uma mistura de todos eles: só existia à noite, como os* obayifos*; sugava o sangue com os dentes e vivia isolado nas florestas, como os* asasabonsans*; e podia me transformar em animal, como os* quifumbulas.

Mas eu não acreditava em nada disso. Até então, achava que eram invenções, truques pra manter a autoridade ou assustar, *macutus*, como ensinara Kikulakaji.

Obayifos faziam as crianças obedecerem. *Asasabonsans* impediam que os jovens se afastassem da tribo durante a noite. *Quifumbulas* apavoravam os inimigos, que viam guerreiro jagas em cada rastro de leão ou rugido de leopardo, perigos tão reais pros invasores brancos em Angola que autoridades militares, bispos e oficiais da Câmara se reuniam pra discutir estratégias contra a "guerra suja, praticada pela arte diabólica dos *quifumbulas*...".

Me convenci de que sofria de algum tipo de "malefício" causado pela *quirimbu* de Calabar, cujo antídoto jamais saberia. Portanto, só havia duas saídas: ou acabava com tudo, expondo-me ao sol; ou, como aprendera com Kikulakaji, aproveitava a situação pra me fortalecer. A segunda opção era menos dolorosa, era o caminho do bem, da força vital, do *ukwense*. Como me alimentava de sangue humano e virava morcego, escolhi espalhar a fama de *quifumbula*.

A situação em Palmares ficava cada vez mais confusa. Portugueses, brasileiros, holandeses, índios e negros brigavam uns com os outros. Portugueses resistiam aos invasores, atacando e se defendendo dos negros e dos índios. Negros atacavam portugueses e holandeses e se defendiam das tribos de índios inimigas. Holandeses, acossados pela permanente guerrilha dos portugueses, tentavam entrar em Palmares pra capturar escravos fugidos porque Portugal havia bloqueado o tráfego negreiro entre Angola e Brasil. Negros, com a promessa de alforria, se juntavam às tropas portuguesas contra outros negros. Negros desciam de Palmares pra saquear vilas, roubar armas, sequestrar mulheres e levar à força outros negros pra servirem de escravos nos mocambos. Negros fugiam dos engenhos e das vilas levando armas de fogo e facões, incendiavam fazendas e canaviais e matavam quem tentasse impedi-los de alcançar Palmares. Brasileiros pobres e soldados rasos, sempre explorados e mal pagos pelos portugueses, desertavam, formando bandos de salteadores. Índios brigavam uns contra os outros, tribos mais fracas se uniam aos brancos pra se proteger das mais fortes, deixavam-se catequizar pelos jesuítas ou escravizar pelos senhores de engenho. Índios, como os potiguares, se uniam aos holandeses, pra ajustar contas antigas com os portugueses, e se voltavam contra os negros também. Índios ao lado dos portugueses, índios ao lado dos holandeses, índios ao lado dos negros, todos mateiros experientes, grandes guerreiros nas matas, arqueiros exímios, em confuso e violento fratricídio.

Palmares era campo de guerra, ninho de emboscadas, armadilhas de estrepes, flechas envenenadas e descargas de mosquetes partindo a qualquer momento do meio da floresta, ataques de índios que já não se sabia de que lado estavam, tropas portuguesas e holandesas perdidas, andando em círculos, famintas, trucidando-se em encontros inesperados, e no meio disso tudo, à noite, um *quifumbula* espalhando terror entre os brancos. Qualquer branco.

Porque eu tinha decidido me vingar da escravidão e entrar na guerra, como todos os milhares de outros negros que precisavam defender a liberdade conquistada ali em Palmares.

Passei a perseguir tropas e atacar soldados, cravando caninos em pescoços brancos e deixando os corpos à mostra, pra que a notícia de que havia um ser demoníaco nas montanhas de Palmares espalhasse o terror.

A palavra circulou de boca em boca. O medo foi tanto que os soldados portugueses pediram proteção a santo Antônio.

Só entravam no mato com uma estátua bem grande do santo. Em tamanho natural.

Apesar de tudo, os holandeses acabaram consumando a invasão. Tornaram-se senhores de Pernambuco e se expandiram pelo nordeste até dominar sete das 19 capitanias do Brasil.

Os banqueiros judeus, muitos deles portugueses expulsos de Portugal devido à intolerância religiosa e refugiados nos Países Baixos, foram muito importantes para o desenvolvimento do Nordeste brasileiro. Por possuírem capital, foram os responsáveis por investir na estruturação da cultura açucareira no Brasil, fornecendo dinheiro para a montagem de engenhos e para a distribuição do produto.

Haviam conquistado a maior zona produtora de açúcar do mundo, mas o que tinham nas mãos, depois de sete anos de guerra, era um território devastado, despovoado, a produção parada, engenhos em ruínas, canaviais abandonados e quase nenhum escravo.

Maurício de Nassau, um conde holandês, chegou em janeiro de 1637 pra governar e conseguir fazer com que os engenhos voltassem a funcionar. Ele precisava de negros, não havia produção de açúcar sem escravos. As expedições que tentavam recapturar escravos fugidos em Palmares se metiam num conflito caótico e voltavam derrotadas, estropiadas.

Só havia um jeito: conquistar Angola.

Já haviam tentado antes, em 1625, nas praias africanas de São Jorge da Mina, mas cinquenta portugueses e novecentos negros degolaram 450 soldados holandeses.

Nassau se preparou melhor e, em agosto de 1641, vinte navios holandeses com novecentos marinheiros, mil soldados e duzentos índios desembarcaram em Luanda e expulsaram os portugueses. Daí pra frente, milhares de negros voltaram a desembarcar no porto de Recife todo ano.

Só que, para produzir açúcar, ainda faltava gente que soubesse administrar os engenhos. Os holandeses no Brasil eram militares, não entendiam daquilo, precisavam associar-se aos velhos senhores da terra. Depois de tantos anos de guerra e ódio entre eles, isso parecia impossível, mas, em 1640, Nassau ofereceu dinheiro e terras de volta a seus antigos proprietários e fez um pacto com eles.

Havia capital à vontade pra financiar o restabelecimento da produção. Foi uma festa. Mais de 150 engenhos foram reativados nos anos que se seguiram, católicos se converteram ao protestantismo, moças e viúvas portuguesas casaram com holandeses, todos se atirando com vontade à partilha das terras e ao dinheiro dos banqueiros judeus. Todo o tempo Palmares continuava lá, incomodando. Com a vitória dos invasores e a fuga das tropas portuguesas pra Bahia, grupos de negros armados, com o caminho desimpedido, desceram até o litoral, ameaçaram tomar a vila de Sirinhaém, ocuparam estradas e rios, queimaram canaviais junto ao mar, saquearam engenhos e vilas na Zona da Mata, libertaram índios e escravos, dominaram toda a área banhada pelo rio São Miguel, obrigando senhores de engenho a abandonar suas propriedades, e chegaram a impedir a comunicação entre Recife e o sul da capitania.

Nassau tentava impedir o avanço dos negros rebelados enviando expedições de potiguares e soldados, mas todas fracassaram. Chegou a enviar uma tropa de mais de trezentos soldados armados de mosquetes e espingardas, cem mulatos e setecentos índios, que voltou derrotada. E outras se seguiram, algumas passando meses na mata sem conseguir sequer avistar o inimigo.

Os milhares de negros que chegavam de Angola também fugiam pra Palmares.

O trabalho de recuperar engenhos estava ainda pior do que o normal, e os holandeses protestantes se mostraram mais cruéis que os portugueses, inventando torturas diferentes, crucificações, mortes lentas, corpos suspensos por ganchos, narizes cortados, amputações e fraturas de ossos a marteladas.

Pra aumentar os lucros, os tumbeiros protestantes faziam os negros beberem água do mar na travessia do Atlântico pra que morressem pouco depois de comprados e as vendas aumentassem.

Os holandeses prosperavam, a Companhia das Índias Ocidentais tinha lucros enormes e a colaboração com os antigos senhores de engenho ia muito bem.

Até 1645, quando as coisas começaram a mudar.

Capítulo 8

Eram brancos, mas não se entendiam

A partir de 1645 o preço do açúcar despencou no mercado europeu e os senhores de engenho não puderam pagar suas dívidas, nem mesmo os juros dos empréstimos. A Companhia das Índias Ocidentais, com medo do calote, os ameaçou com confisco de propriedades e prisões.

Na época de Nassau os senhores de engenho evitavam as punições com subornos, mas ele havia voltado pra Holanda em 1644 e seus sucessores começaram mesmo a resgatar hipotecas e sequestrar bens. Alguns proprietários perderam suas terras, outros tiveram de fugir com a família pra Bahia pra não serem presos. Então só havia uma solução: voltar a ser patriotas e expulsar os holandeses.

Como era muito difícil lutar contra uma potência naval que possuía 11 mil navios de guerra e 50 mil marinheiros, ainda mais sem poder contar com a ajuda da corte em Lisboa (porque Portugal já havia desistido e planejava entregar Pernambuco pra Holanda), os senhores de engenho se lembraram do povo.

O povo vinha sofrendo nas mãos dos holandeses havia muito tempo. A comida era caríssima, artesãos eram obrigados a trabalhar quase de graça, comerciantes viviam recebendo multas pesadas, pequenos produtores tinham seu açúcar confiscado por qualquer motivo, soldados de Nassau saqueavam residências, estupravam mulheres. O povo exigia a revolta.

Os senhores não viam necessidade. Guerras sempre davam despesa. Mas, quando fizeram as contas e concluíram que perder os engenhos pros credores holandeses era um prejuízo muito maior, passaram a financiar a revolta popular contra o invasor. E pra incentivá-la, apoiados pela Igreja, transformaram-na numa Guerra da Liberdade Divina, luta armada contra os "protestantes" — o que na verdade, como disse o padre Antônio Vieira, era uma "guerra de caloteiros". Deu certo: voltaram as guerrilhas, as emboscadas e os confrontos abertos e as tropas holandesas do interior foram sendo empurradas de volta a Recife, até ficarem encurraladas. Mas de Recife não saíram, de jeito nenhum, e o impasse só se resolveu em 1654, com o pagamento a eles de quatro milhões de cruzados, como "indenização", que Portugal depois cobrou dos brasileiros criando um novo imposto...

A luta armada contra os holandeses protestantes culminou na Batalha dos Guararapes, ocorrida em 19 de abril de 1648. Foi o primeiro conflito entre tropas luso-brasileiras e holandesas pela dominação das terras pernambucanas, que culminou na vitória portuguesa e numa revanche, com o mesmo resultado, no ano seguinte.

A guerra pra expulsar os holandeses durou nove anos. Nesse período Palmares foi deixado de lado e continuou a se expandir e consolidar. O quilombo sempre crescia nas guerras entre os brancos. Já havia mais de 30 mil negros por lá, senhores da região, com nove grandes mocambos e dezenas de outros menores.

As trocas de produtos dos Palmares por armas, pólvora, tecidos, sal e ferramentas se intensificaram. Os comerciantes iam negociar diretamente nos mocambos. A lenha que se usava em Recife era extraída pelos negros do quilombo. Os negros cobravam pedágios pela travessia de rios, fazendeiros pagavam tributos pra não terem a propriedade saqueada e incendiada. O dinheiro entrava com força. Palmares já não era um quilombo isolado de negros fugidos, mas uma sociedade autônoma, rebelada, protegida pelas montanhas e florestas.

Pequenas expedições ainda subiam pra atacá-los, formadas por moradores das vilas querendo vingança por raptos ou reparações de prejuízos... Todos voltavam assustados com o poderio militar dos negros e aterrorizados pelo *quifumbula* diabólico que chupava o sangue dos homens durante a noite e deixava os corpos pelas trilhas, com marcas de dentes na garganta.

Com tanta gente e tanto dinheiro circulando, o quilombo se dividia, lideranças brigavam, surgiam desavenças, mocambos disputavam território com outros mocambos. Eu já tinha visto isso acontecer na África, onde a luta pelo poder e a ganância enfraqueceram a resistência aos brancos, abrindo caminho pra derrota. Assustar soldados era pouco, eu precisava fazer muito mais pra garantir a união dos negros. A grande força de Palmares era a união contra o inimigo comum, a escravidão. Vencidos, tornariam a ser escravos.

A guerra permanente com os brancos havia obrigado os escravos fugidos a criar uma sociedade militarizada, em que os chefes, os sobas, eram escolhidos por serem os melhores guerreiros. Pra impedir que o poder em Palmares se dividisse, era preciso centralizá-lo, com um grande, respeitado e temido soba chefiando todos os mocambos, unindo os negros num só quilombo. Esse grande soba tinha de morar no maior mocambo, o mais importante. Eu conhecia quase todos: Amaro, Osenga, Tabocas, Dambrabanga, Andalaquituche...

A uns noventa quilômetros ao sul de Dambrabanga, no alto de uma serra chamada de Serra da Barriga, havia um mocambo construído à beira de um imenso precipício. O nome dele era Macaco. Fora a parte que dava pro precipício, todo o resto era cercado por duas paliçadas muito altas, com um fosso profundo entre elas, cheio de estrepes. Lá viviam mais de mil pessoas, em trezentas choças, numa rua larga com quase um quilômetro de comprimento.

Nas montanhas africanas de Matamba eram comuns mocambos como aquele, erguidos à beira de precipícios, para expor ao inimigo apenas um flanco. Macaco era perfeito pra estratégia de luta jaga. Decidi que ali seria o centro do poder, a capital do quilombo dos Palmares. O grande soba teria de ser escolhido entre os principais guerreiros de Macaco.

Eu já fora ganga e chefe guerreiro em Dambrabanga. Com a força e os poderes que tinha agora, podia assumir o comando em Macaco e me tornar o soba de todo Palmares. Só havia um problema: estava morto.

Alimentar-me apenas de sangue até imporia respeito, mas eu não podia chefiar uma nação só aparecendo à noite. As batalhas eram de dia. A solução foi escolher um guerreiro e orientá-lo. Aparecer pra ele em "espírito".

O poder militar e religioso era uma coisa só, a autoridade vinha das armas e do sobrenatural; o soba era um grande guerreiro, mas também um intermediário entre o povo, as divindades e os ancestrais da tribo. Era eleito pelos vivos e pelos mortos.

No Macaco havia um jovem muito forte, de 20 e poucos anos, destacado pela bravura e habilidade com as armas. Nascera em Palmares e nunca fora escravo, não tinha carimbos de escravidão na pele; era obstinado, rebelde, sempre tinha vontade de descer as montanhas pra moer os brancos de pancada e possuía um evidente espírito de liderança. Eu o escolhi.

Esperei uma noite em que o jovem foi escalado pra ficar de sentinela e "apareci" pra ele.

Primeiro rodopiei sobre sua cabeça como morcego, depois me transformei num guerreiro jaga, com tanga de onça, dentes da frente quebrados e machadinha na mão. Disse que vinha de calunga e que os deuses o haviam escolhido pra ser o soba de todo o quilombo dos Palmares. Chefes de todos os mocambos iam prestar obediência a ele; ancestrais e entidades de calunga o tinham eleito pra grande tarefa de unificar Palmares, e eu, o próprio deus da guerra, apareceria de vez em quando pra dar conselhos e instruções. Eu lhe ensinaria as artes da guerra e da bruxaria. Ele seria um feiticeiro imortal, e esse seria seu novo nome: Feiticeiro Imortal.

Em quimbundo: Ganga Zumba.

Na segunda vez que apareci, poucas noites depois, comecei as aulas.

Como eu o havia proibido de falar sobre mim, pros outros foi como se ele tivesse de repente se autointitulado Feiticeiro Imortal e cismado ser o soba de todo o quilombo dos Palmares. Isso a princípio foi tratado como piada, mas com meus ensinamentos aos poucos Ganga Zumba se impôs.

Usei todos os truques possíveis. Percorria grandes extensões ao redor de Macaco pra saber da aproximação de inimigos ou de grupos de outros mocambos pra informar Ganga Zumba, e o jovem ia ganhando fama de adivinho. Como morcego, pendurado nos telhados das choças, ouvia conversas e intrigas e contava a Ganga Zumba. Explicava a ele como fazer *quirimbus* e rituais pra curar doentes, e ele ia convencendo como ganga e curandeiro.

Eu o levava pra fora dos limites da paliçada e, em clareiras isoladas na mata, nas noites de lua cheia, ensinava o uso correto da lança, do facão, do arco e flecha, da azagaia, do escudo e principalmente da machadinha. Mostrava técnicas jagas de combate corpo a corpo e ensinava táticas de guerra do mato.

Ganga Zumba enfrentou inveja, maledicência e hostilidades, mas acabou respeitado e temido. Por causa dos poderes "mágicos", da força física, da obstinação, dos resultados nas lutas contra brancos e do falecimento súbito e misterioso de alguns concorrentes, em dois anos já era o soba de Macaco.

Faltava conquistar Palmares.

Eu o instruí a criar um campo de treinamento de guerra, onde os homens de todos os mocambos passavam por rituais de iniciação, aprendiam a lutar, praticavam exercícios, estudavam as artes da estratégia e preparavam armamentos e armadilhas, como faziam os jagas nas matas de Matamba. Ganga Zumba seria fundador e formador de instrutores, passando adiante minhas técnicas.

Sempre seguindo minhas orientações, vindas diretamente do "mundo dos mortos", Ganga Zumba escolheu o mocambo mais próximo pra criar o centro de treinamento de guerreiros. Subupira, que media uns seis quilômetros de extensão, ficava a 36 quilômetros ao norte de Macaco, na serra da Juçara, junto às nascentes do rio Satuba. Sua paliçada de troncos foi reforçada com uma imensa muralha de pedra e Ganga Zumba colocou seu irmão, Gana Zona, pra chefiá-lo.

Os dois mocambos espalharam por toda a serra de Palmares o poder de Ganga Zumba.

De 1645 até o começo dos anos 1660 esse poder só cresceu, até ele ser reconhecido por todo o quilombo dos Palmares como o Grande Chefe.

Os mocambos continuavam tendo seus sobas, que se submetiam a um governo central. Macaco, com o apoio militar de Subupira, centralizava a "estrutura administrativa", recolhia tributos e mandava "ministros" fiscalizarem o cumprimento das leis. Homicídio, roubo, adultério e deserção eram punidos com a pena de morte. Agora havia hierarquia militar, generais de armas, comandantes, oficiais e subalternos, guerreiros profissionais, milícias de guerra e defesa, vigilância em postos avançados e um serviço de espiões, negros palmaristas infiltrados como escravos nos engenhos.

No começo da década de 1660, Ganga Zumba era um homem de quase 40 anos muito poderoso. Macaco virara a Cerca Real e lá ele vivia num palácio, a Grande Casa do Conselho, com três mulheres, duas negras e uma mulata, e muitos filhos. As pessoas depunham as armas na porta e se ajoelhavam em sua presença.

Ganga Zumba colocara familiares na chefia dos mocambos. Aqualtune, seu pai, era o soba de um mocambo do mesmo nome a uns 130 quilômetros, no caminho pra Serinhaém. Sua mãe, Acotirene, chefiava um mocambo 100 quilômetros ao norte, em direção a Amaro. Gana Zona, o irmão, além de comandar Subupira, era uma espécie de presidente do conselho dos maiorais de Palmares.

Em quase todos os mocambos já havia *gangulas*, ferreiros, forjando armas, afiando lâminas.

Agora estavam preparados pra guerra aberta.

E ela veio.

Capítulo 9

Quando os negros mostraram quem mandava em Palmares e os brancos apelaram pra fé

Depois que os holandeses foram expulsos, a multidão de ex-combatentes de guerra reivindicou as terras confiscadas, mas elas foram repartidas entre os senhores de engenho. Quando não havia mais terras pra dividir, o próprio rei dom João IV ordenou ao governador de Pernambuco que repartisse com seus soldados as terras de Palmares.

Só precisavam conquistá-las antes.

Mantinham a promessa antiga com outra promessa e desviavam a energia do povo pra uma nova guerra. Contra o quilombo dos Palmares. Já em meados de 1654 partiu uma expedição com seiscentos homens, brancos, índios, negros e mamelucos, que acabou se perdendo na floresta, andando em círculo por um mês, passando fome embaixo de chuva.

Em 1655 mandaram outra, que fez alguns prisioneiros negros. No ano seguinte, outra prendeu um pouco mais, e continuaram assim, incendiando mocambos já abandonados, sem causar grandes danos ao quilombo.

Eu contribuía pra esses fracassos. As estratégias jagas ensinadas por mim em Subupira se espalhavam por Palmares. Táticas que havia aprendido em Matamba. Por exemplo, em floresta fechada e montanhosa não era preciso ir contra o inimigo. Ele vinha de fora, sem pouso, desconhecia a região, era obrigado a carregar tudo nas costas e a andar em fila por trilhas sempre estreitas. Bastava deixá-lo vagando, perdido, seguindo pistas falsas, até que fome, chuva, feras, doença e cansaço o vencessem. Enquanto isso, aqui e ali, emboscadas, sem confronto direto, flechas e lanças partindo do meio do mato, pra mantê-lo em pânico.

Na selva os negros estavam em casa, era muito difícil serem pegos de surpresa. Espalhavam olheiros: assim que os brancos entravam em Palmares, as notícias chegavam aos mocambos. Então todos se retiravam, mergulhavam na mata, viviam de caça, pesca, frutos silvestres; depois voltavam, reconstruíam as choças, tornavam a plantar.

E em Palmares não eram apenas a geografia e a "guerra do mato" que prejudicavam as tropas. A qualidade dos soldados e dos armamentos também não ajudava.

Havia dois tipos de tropa: de "linha" e de "ordenança". As de linha eram formadas pelos soldados portugueses. As de ordenança eram organizadas pelos moradores, civis que pegavam em armas em situações de emergência.

Soldados de linha eram recrutados à força em cidades e aldeias de Portugal e mandados pras colônias, sem treinamento: bandidos, mendigos, meninos, velhos. Como os soldos eram muito baixos e estavam sempre atrasados, essas pessoas eram obrigadas a fazer pequenos comércios e serviços, contrabandear, roubar ou mendigar.

Para as tropas de ordenança, dos 18 aos 60 anos todos os homens da colônia podiam ser convocados à força e deviam comprar fardas e armas à própria custa. Os postos elevados só podiam ser ocupados por grandes fazendeiros, que obrigavam seus escravos, negros e índios a fazer parte das expedições. Eram "soldados" que odiavam seus chefes, combatiam de má vontade e aproveitavam qualquer oportunidade pra fugir e se juntar ao inimigo.

Ambas as tropas usavam armamento velho, em mau estado: mosquetes, arcabuzes, escopetas, clavinas e bacamartes.

Interrompi Gaspar para mostrar um livro muito antigo, com ilustrações de armas portuguesas do século XVII.

— Esse é um mosquete — ele apontou. — Era o mais usado, um trambolho tão pesado que um soldado sozinho não conseguia carregar nas ladeiras. E pra atirar eram necessários dois homens: um pra apontar e outro pra acender a mecha, que explodia a pólvora e lançava as balas de chumbo ou cobre. O mosquete pesava tanto que pra caprichar na pontaria era melhor apoiar numa forquilha. O pior era a mecha. De dia, negros e índios podiam

sentir o cheiro da fumaça antes da explosão. À noite, o clarão do pavio denunciava a posição do soldado antes de o tiro partir. Muitas vezes vi soldados portugueses em pânico atirarem em vaga-lumes achando que estavam cercados por holandeses. Os jagas tinham uma tática infalível pra combater as tropas portuguesas armadas com mosquetes acionados por mechas: atacar em dias de chuva.

Sem confiar muito nas armas, nas estratégias ou nos comandantes, a proteção dos soldados só podia vir de santo Antônio.

Comecei a notar a crescente fama do santo numa noite sem lua e chuvosa, na mata perto do mocambo de Tabocas, quando ataquei o último homem da fila de uma tropa de ordenanças que subia pela trilha que vinha de Serinhaém. Arrastei-o pro mato, um homem branco, 40 e poucos anos, já ficando careca. Eu o imobilizei com os braços, mostrei meus caninos enormes, pra aterrorizá-lo, e aí, em vez de gritar, como os outros, ele começou uma ladainha enlouquecida:

— Filho de Serafim, Gadelha de Portugal, Glória de Pádua, Arca do Testamento, Martelo dos Hereges, Maravilha dos Anjos, Assombro do Inferno, Sol de Todo Mundo...

Repetia aquilo olhando diretamente nos meus olhos, cheio de fé, com a certeza absoluta de que aquela reza o salvaria das garras do *quifumbula*. Só parou quando morreu.

Daí em diante tornou-se comum ouvir a mesma ladainha da boca das minhas vítimas, algumas empunhando a medalha que traziam no pescoço, acreditando que o santo as defenderia contra o ataque do *quifumbula* africano. Morriam muito desiludidas.

Logo comecei a vê-lo de corpo inteiro, desenhado nos estandartes que encabeçavam as expedições, a grande cruz na mão direita, o menino Jesus no braço esquerdo e a espada na cintura. Santo Antônio tinha sido incorporado ao Exército português no posto de soldado raso. Recebia soldo, como qualquer soldado da tropa de linha, e o dinheiro cobria as despesas e as festividades dos cultos a ele mesmo, não importando o fato de ter morrido havia mais de quatrocentos anos.

Segundo a Igreja, em vida santo Antônio produzira milagres como ressuscitar diversas vezes, controlar a natureza, curar todo tipo de doenças, converter um sapo em frango e vice-versa, fazer um recém-nascido falar pra defender a honra de sua mãe, estar ao mesmo tempo em Milão e Lisboa, etc. Padre Antônio Vieira chegou a pregar:

— Santo Antônio foi tão grande que Cristo, diante dele, parece pequeno.

Um dos seus milagres recorrentes era recuperar pessoas e objetos perdidos. A mando dele, o próprio Diabo aparecia pro fugitivo e o convencia a voltar pra prisão, ladrões devolviam objetos roubados, filhos arrependidos regressavam à casa dos pais e escravos retornavam aos seus senhores. Foi este último milagre que o fez famoso no Brasil.

Antônio Vieira o comparava a Deus:

— Parece que Deus deu a santo Antônio melhor ofício do que tomou a si, pois se Deus dá, santo Antônio recupera.

Bastava o patrão orar pra ele e em poucos dias seu escravo aparecia de volta, de joelhos, pedindo perdão, dizendo que viu o próprio santo na mata e que ele o convenceu a voltar ao cativeiro, pra salvação de sua alma.

No quilombo dos Palmares, santo Antônio tornou-se um capitão do mato espiritual, progredindo nas patentes militares e soldos. Conhecido como o "divino sargentão", restituía aos senhores suas legítimas propriedades. Os negros não tinham direito de fugir, o santo resgatava-os ao seio da mãe Igreja. Se trazê-los da África e batizá-los fora um ato de caridade cristã, deixar que fugissem e vivessem em liberdade era permitir que voltassem ao poder das trevas.

No princípio, quando Palmares era apenas um refúgio remoto nas montanhas pros negros que conseguiam escapar das senzalas, os mocambos eram comunidades solidárias – todos plantavam, todos colhiam, repartiam o alimento igualmente e trocavam o excedente por produtos de outros mocambos. Naqueles tempos, o sentimento que os unia era a liberdade, mas, à medida que o quilombo foi crescendo e sendo atacado pelos brancos, teve de se militarizar, e o sentimento que os unia passou a ser a guerra.

A liberdade só podia ser mantida pela guerra. Palmares se tornava uma Angola Janga mesmo, uma pequena Angola, mocambos cada vez mais parecidos com povoados africanos, sobas despóticos, hierarquia social rígida e poderosos querendo escravos. Os negros que fugiam por sua própria conta pra Palmares eram considerados livres, mas os levados à força continuavam escravos e, se fugissem, eram caçados e mortos.

Era inevitável. Pra resistir aos brancos, os negros tinham de lutar, formar exércitos, armar-se, ter escravos pra produzir comida pra alimentar os guerreiros, ter líderes respeitados pela força e soldados submissos. Não havia opção, a guerra se intensificava a cada ano.

O Terço dos Henriques, ou Terço da Gente Preta, foi uma tropa de negros livres recrutada e comandada por Henrique Dias, filho de escravos libertos nascido em Pernambuco no século XVII. O regimento foi decisivo para a vitória de Portugal nas batalhas contra a ocupação holandesa em 1654.

Em 1663, pressionado pelos senhores de engenho a organizar uma grande expedição, Brito Freire, o então governador de Pernambuco, formou uma tropa que subiu Palmares em 11 colunas, em várias direções. Centenas de homens fortemente armados, entre eles duzentos soldados negros do Terço dos Henriques. Cinco meses nas montanhas, incendiando mocambos e lavouras, fazendo prisioneiros e matando centenas de negros.

No ano seguinte um cometa cruzou o céu e logo depois veio a "peste da bexiga", uma epidemia de varíola. Duas mil pessoas morreram só em Recife. A produção de açúcar e de todo o resto despencou: mais fome, mais desespero, mais escravos aproveitaram pra fugir pra Palmares. Colocaram a culpa de tudo no cometa.

Me servi disso e apareci pra Ganga Zumba dizendo que a passagem do cometa era um sinal. Convenci o Grande Chefe a aproveitar a fraqueza dos brancos, partir pra ofensiva e finalmente conquistar as vilas ao redor de Palmares.

Os negros já eram senhores das montanhas, mas continuavam na defensiva porque as vilas eram usadas como base pras expedições dos brancos. Ganga Zumba ordenou e eles desceram em massa em direção ao litoral, incendiando, matando e saqueando. O governo contra-atacou com mais de quinhentos homens comandados por um alcaide de Olinda chamado Zenóbio. Adentraram 250 quilômetros na floresta, passaram fome, comeram até raízes de árvores e, depois de meses, voltaram estropiados.

As vilas então se uniram pra agir por conta própria, Alagoas, Porto Calvo e Serinhaém firmaram um pacto pra organizar a defesa: homens válidos foram convocados à força, todos os moradores foram obrigados a dar dinheiro... mas as tropas de ordenança voltaram de Palmares derrotadas.

Em 1671, querendo organizar outra grande expedição, o governador descobriu que não havia mais homens pra alistar, nem à força, e resolveu anistiar bandidos. Deu perdão geral aos delinquentes que participassem da campanha e conseguiu seiscentos homens. As tropas foram divididas em três colunas; cada uma atacaria por um lado, até se reunirem no meio das serras dos Palmares pra fundar um arraial, com comboio permanente garantindo mantimentos.

Todas as expedições fracassavam porque as tropas se isolavam na floresta, não recebiam apoio de fora, a comida acabava, os soldados não tinham descanso e depois de alguns meses eram obrigados a voltar. Um ponto de apoio no meio da mata, constantemente abastecido, resolveria o problema. Dali partiriam as expedições pra dar um combate sem trégua ao inimigo.

Tudo isso teria dado certo se não fosse por um pequeno morcego pendurado entre as vigas do telhado de uma das salas da câmara de Recife, onde o comandante, chamado Bezerra, se reunia com seus subordinados diretos.

Capítulo 10

Os fracos, os fortes e os vizinhos indesejáveis

Eu conseguia voar grandes distâncias como morcego, penetrar por vãos de telhados e ouvir os planos inimigos pra depois contar a Ganga Zumba. O Grande Chefe, porém, já não era o mesmo. Idade, cansaço, uma vida de guerras, preocupações políticas, família numerosa, parentes disputando privilégios, ameaças constantes... Ele amolecia, perdia a fibra de guerreiro.

Já na época da passagem do cometa o senti fraquejar: as ordens pra atacar as vilas não foram tão enérgicas quanto o momento pedia. Alegou ter medo de levar a peste pra Palmares, mas no fundo temeu a reação do governo.

Quando "apareci" com a notícia da grande expedição de Bezerra, Ganga Zumba retrucou que era apenas questão de fugir, abandonar mocambos que ficassem no caminho dos soldados, embrenhar-se no mato, a tática de sempre. Eu disse que isso não bastava, os brancos tinham a intenção de fundar um arraial e estabelecer um comboio permanente de víveres, não podíamos deixar isso acontecer. Não adiantou, Ganga Zumba enviou as mesmas ordens de sempre, recuo, fuga... mas, quando as três colunas de soldados entraram em Palmares em dezembro de 1672, seu próprio sobrinho desobedeceu a elas.

Em vez de fugir, ele também dividiu suas forças em três colunas e cada uma acompanhou uma coluna inimiga. Uma firmou logo combate àquela comandada por Bezerra, mantendo-a nos arredores da serra. As outras duas seguiram os soldados de longe, deixando que se embrenhassem na mata, cada tropa em uma direção. Quando estavam isoladas uma da outra, atacaram as duas, simultaneamente. Os soldados perderam a formação, recuaram, desceram as montanhas em disparada, largando armas e munição pra trás. As duas colunas de negros se uniram à que mantinha Bezerra ocupado e o atacaram. Ele teve de recuar suas tropas de volta a Porto Calvo, vergonhosamente derrotado.

O sobrinho tinha contrariado as ordens do tio, alcançado uma grande vitória e impedido a construção do arraial dos brancos. Fiquei de olho nele.

Penedo, Porto Calvo, Alagoas e Serinhaém organizaram uma tropa de ordenanças de trezentos homens, chefiada por um senhor de engenho de Porto Calvo chamado Galvão, que entrou em Palmares em dezembro de 1675 e andou pela floresta por um mês até encontrar um mocambo fortificado. Os negros foram surpreendidos pelo ataque – flechas incendiárias fizeram o fogo se alastrar pelas choças e chegar às paliçadas – e tiveram de fugir.

Eu avisei Ganga Zumba sobre a expedição de Galvão, mas ele não tomou providências e isso custou a vida de centenas de negros. Galvão conseguiu montar finalmente um arraial dentro de Palmares no local do mocambo incendiado, reconstruiu paliçadas e ficou ali durante meses. Mas as tropas passaram fome. Não havia como estabelecer comboios de mantimento, pois o jovem sobrinho de Ganga Zumba voltou a agir por conta própria: cercou o arraial e, com combates constantes, manteve-o isolado. Até que em maio de 1676, ao ficar sabendo por espias onde seus inimigos estavam acampados, Galvão reuniu a tropa e avançou contra eles. O sobrinho de Ganga Zumba e seus homens foram atacados de surpresa, dezenas foram mortos e muitos prisioneiros foram degolados. Galvão também perdeu muitos homens, foi obrigado a abandonar o arraial e voltou pra Porto Calvo.

O sobrinho de Ganga Zumba conseguiu fugir com um pequeno grupo de guerreiros e escondeu-se em cavernas. Só o encontrei algumas noites depois. Havia levado um tiro na perna e ardia em febre, mas a bala atravessara a carne e saíra do outro lado. O rapaz escaparia com vida. Entendi que era hora de agir pra mudar o rumo da história.

Preparei duas *quirimbus* e o forcei a bebê-las no meio da noite. Sem que os outros vissem, despejei os dois líquidos viscosos à força goela abaixo e o "matei".

No dia seguinte, os companheiros o enterraram. Nada demais. Estavam cansados de ver um homem morrer depois de levar um tiro na perna e ter febre. Duas noites depois a segunda *quirimbu* fez efeito. O sobrinho de Ganga Zumba saiu vivo da terra, mancando pra sempre, e apareceu pra seus companheiros.

Surgia um novo líder em Palmares, um morto ressuscitado, um guerreiro que voltara de calunga pra continuar a luta contra os brancos.

A partir daquele dia o sobrinho de Ganga Zumba ganhou um novo nome.

Zumbi.

No delírio da febre, Zumbi não lembrava do *quifumbula* nem das *quirimbus*. Pra ele, como pra todo o quilombo dos Palmares, tinha mesmo morrido e ressuscitado e agora era um morto-vivo, um zumbi de verdade, pronto pra vingança contra os brancos. Ela veio, feroz, e boa parte dos negros o seguiu numa retaliação violenta, descendo das montanhas e atacando Porto Calvo, Alagoas, Ipojuca, São Miguel, Serinhaém, uma atrás da outra, desbaratando os destacamentos de soldados, fazendo as guarnições de índios tapuias fugirem apavoradas e obrigando os senhores de engenho a se aquartelarem nas casas-grandes enquanto seus canaviais ardiam em chamas. Os negros de Palmares tornaram-se senhores de todo o sul de Pernambuco, chegando às praias, controlando estradas e rios.

Ganga Zumba não gostou e convocou uma reunião em Macaco, na Grande Casa do Conselho, com todos os seus chefes guerreiros. Assisti a essa reunião de cabeça pra baixo, agarrado a uma trave do teto.

Ficou claro que o prestígio de Zumbi já se igualava ao do tio; o poder se dividia. Um ganga contra um zumbi.

O Grande Chefe ainda mandava: ele não queria ataques em massa às vilas, nem que os limites do quilombo se estendessem pra além de Palmares, nem atrair mais ódio dos brancos. Pra ele, as forças do Império Português eram superiores, inesgotáveis, e os negros só haviam sobrevivido todas aquelas décadas graças à proteção das montanhas e da floresta.

Zumbi discordou. Palmares não ofereceria segurança pra sempre, os brancos vinham com a promessa do governo de ficar com aquelas terras, com a intenção de fundar arraiais ali dentro, e entravam por todos os lados, até pelos sertões da Bahia, atravessando o rio São Francisco, marchando ao longo do rio Paiahu, apoiados pelos tapuias do norte. Uma base pras tropas com comboio de suprimentos seria a derrota, não podiam ficar na defensiva pra sempre, precisavam sair, atacar, acabar com os brancos, invadir todas as fazendas do litoral, libertar escravos e torná-los guerreiros, incendiar Recife...

Ganga Zumba exigiu obediência. O sobrinho curvou-se, mas não acreditei nisso. Metade dos chefes guerreiros estava do lado de Zumbi.

O avanço dos negros no sul de Pernambuco exigia resposta rápida. Senhores de engenho e todas as vilas estavam dispostos a colaborar.

Pedro de Almeida, o novo governador de Pernambuco, começou a organizar uma expedição sob o comando de um capitão de infantaria chamado Fernão Carrilho, famoso por arrasar quilombos na Bahia e ao longo de todo o rio São Francisco.

O pavor de que os negros atacassem Recife era geral. E real. Eram mais de 30 mil lá no alto das serras, com armas de fogo, e corria o boato de que tinham encontrado uma mina de salitre e estavam fazendo a própria pólvora.

Todas as vilas entraram com dinheiro, aumentaram impostos, garantiram liberdade aos condenados da justiça recrutados, mas o maior incentivo às tropas foi a garantia de que poderiam ficar com os negros captura-

dos, sem indenizar os antigos donos. Calculava-se que havia uns 200 mil cruzados em negros em Palmares, uma fortuna. Com duzentos negros vendidos se comprava um engenho. Sem falar das terras conquistadas.

Carrilho e seus homens partiram em setembro de 1677, depois de assistirem à missa em louvor de santo Antônio.

Ele tinha um propósito: se a intenção era criar uma base pras expedições, por que construir um arraial? Por que não ocupar um dos mocambos, em vez de incendiá-lo? Paliçadas e cabanas prontas, plantações já produzindo, forjas pro reparo das armas... Melhor ainda se fosse um mocambo importante. Partiu em direção a Acotirene o mais rápido que pôde, pra pegar o mocambo de surpresa. Informantes haviam dito que a mãe de Ganga Zumba estava lá. Ele venceu os duzentos quilômetros em duas semanas.

Carrilho matou alguns negros, fez dez prisioneiros, torturou-os e ficou sabendo que Ganga Zumba, Gana Zona e outros sobas estavam reunidos em Subupira. Partiu pra lá.

Fui alertar Ganga Zumba, que na manhã seguinte ordenou a fuga. Carrilho e seus homens chegaram pouco depois e se instalaram em Subupira. Mocambo importante, paliçada alta e muralha de pedra, plantações preservadas, cabanas, nascente e forjas. Era o que ele queria. Mudou o nome do mocambo pra Arraial do Bom Jesus e a Cruz e mandou dois soldados a Porto Calvo dar a boa notícia a Pedro de Almeida e pedir mais tropas e mantimentos.

Os brancos tinham afinal um arraial bem instalado e fortificado dentro de Palmares e os negros perdiam seu campo de treinamento de guerra.

Zumbi, desrespeitando o tio, estava longe, comandando ataques ao sul da capitania.

Carrilho não perdeu tempo: mandou grupos de vinte homens bater o mato na redondeza atrás de pistas de Ganga Zumba. Mordi a garganta de um soldado bem no meio de uma das tropas, e a cena terrível provocou a deserção de todos. Noites depois repeti o ataque em outro acampamento – mais 25 homens debandaram. Carrilho mandou uma expedição de cinquenta homens atrás dos desertores; em vez de encontrarem os fugitivos, toparam com um grande acampamento de negros, mataram muitos e fizeram 56 prisioneiros. Entre os mortos estavam vários sobas que haviam fugido do encontro dos chefes de mocambos em Subupira. Ganga Zumba estava entre eles, mas escapou.

Trinta novos soldados chegaram ao arraial, trazendo mantimentos, armas e munição. Prisioneiros torturados revelaram que Ganga Zumba fugira pro mocambo de Amaro, e uma grande coluna de soldados rumou pra lá. Avisei o Grande Chefe, e dessa vez ele decidiu resistir. As fugas e derrotas estavam minando seu prestígio; por isso, ele precisava mostrar-se forte pra fazer frente à ascensão do sobrinho.

Os soldados atacaram Amaro. As lutas aconteciam durante o dia, mas eu só via o resultado na noite seguinte. Vários soldados atravessados pelos estrepes do fosso, uma parte da paliçada posta abaixo, o mocambo em poder dos brancos, centenas de corpos negros espalhados, as ruínas das choças em brasa. Quarenta e sete prisioneiros, entre eles filhos, netos e sobrinhos de Ganga Zumba.

Sobrevoei a cena como morcego, à procura de Ganga Zumba entre os prisioneiros e os cadáveres. Não encontrei. Mas vi o comandante da tropa carregando a pistola dourada na cinta, a arma do Grande Chefe.

Voei toda a noite, até encontrá-lo acampado com um grupo de guerreiros fiéis, tão amedrontados que não ousavam acender fogo. Tinha um grande ferimento de flecha numa perna e tremia. Ia sobreviver. Se houvesse veneno na flecha, já estaria morto. Ganga Zumba perdera sua espada de Grande Chefe e sua pistola dourada e agora se escondia no mato, como um animal assustado. Seu reinado estava no fim e ele sabia disso, só que ainda tinha uma saída: um acordo com os brancos.

A rendição.

Eu não podia admitir isso.

Capítulo 11

A guerra por uma paz que não viria

Em janeiro de 1678 Carrilho voltou a Porto Calvo anunciando o fim do quilombo dos Palmares. Trazia duzentos prisioneiros, inclusive os parentes de Ganga Zumba.

O governador Pedro de Almeida não acreditou. Chegavam duzentos negros, mas havia mais de 30 mil por lá. O que Carrilho queria eram recompensas e condecorações da Coroa. O quilombo continuava forte, melhor usar os parentes de Ganga Zumba como reféns pra pressionar o líder a se render. Pedro de Almeida mandou um alferes com uma proposta de acordo de paz, garantindo liberdade aos negros e direito a terras.

A resposta demorou muito a chegar. O governador já estava desistindo e preparando nova expedição quando, num sábado à tarde, 18 de junho de 1678, três filhos de Ganga Zumba e uma dúzia de guerreiros negros entraram em Recife pra anunciar que o quilombo dos Palmares aceitava a rendição.

Recife festejou! Missa de ação de graças, rezada na igreja da matriz. Sermão do vigário, dedicado a santo Antônio. O povo queria a paz, não aguentava mais pagar impostos pra custear expedições — confiscos de farinha, carne e peixe pra alimentar tropas, recrutamento forçado. Muitos comerciantes já não negociavam com os negros há tempos? Fazendeiros pagavam pra colocar seu gado nas pastagens de Palmares. A paz deixaria a vida de todos mais fácil.

Zumbi não aceitou a rendição. Nem eu.

Os sobas se dividiram, houve luta entre os dois lados, batalhas sangrentas de negros contra negros, carnificinas, mocambos lutando contra mocambos.

Ganga Zumba voltou a ocupar Macaco com seus homens e Zumbi, do lado de fora, tentava entrar.

Era o General das Armas contra o Grande Chefe. Brigariam até a morte, até a extinção do quilombo. Eu precisava fazer alguma coisa.

Passei a noite como um morcego, pendurado numa folha de palmeira, dentro da choça que servia de abrigo a Zumbi, num acampamento improvisado nos arredores de Macaco, esperando que ele voltasse da reunião com os sobas aliados. Quando chegou, me soltei, voei sobre ele algumas vezes e transformei-me em Gaspar, fantasiado de entidade.

Zumbi nunca tinha me visto. Eu nunca havia "aparecido" pra ele.

Saltou, já com a espada na mão, mas o joguei no chão, pulei sobre ele, prendi seus braços com os joelhos e mostrei os caninos pontudos pra assustá-lo. Zumbi se achava mesmo imortal. Debateu-se, xingou, foi preciso tapar sua boca com a mão e acalmá-lo, repetindo que eu não queria fazer mal, que viera do mundo dos mortos pra dar um conselho, enviado pelo próprio deus da guerra, etc., etc.

Zumbi acabou ouvindo, com os olhos muito abertos.

Eu o convenci a deixar Ganga Zumba aceitar o acordo de paz e sair de Palmares com seus aliados. Aquela guerra entre mocambos só interessava aos brancos. Zumbi continuaria nas matas com os dissidentes, organizando a resistência.

Com Ganga Zumba fora do quilombo, só haveria um soba, ele, Zumbi, General das Armas e Grande Chefe.

Terminei de falar, virei morcego de novo, saí voando pela abertura da choça e sumi na noite.

Era assim que Gaspar fazia comigo também.

Durante três noites seguidas ele entrou voando como morcego em meu apartamento pra contar sua história.

No final do terceiro encontro, se despediu no meio da sala, sorriu, saiu voando pela janela e sumiu.

Nunca mais o vi.

Levei uma semana para digitar todo o depoimento e o imprimi. Algumas noites depois descobri que sua voz desaparecera do gravador.

Em 5 de novembro de 1678, Ganga Zumba entrou em Recife para selar a paz, acompanhado por quarenta súditos. Foi nomeado oficial do Exército português e prometeu solenemente ao novo governador, Aires de Sousa e Castro, dar todo o auxílio, fornecendo guias e homens, à captura dos rebeldes que porventura continuassem a fazer guerra aos brancos dentro de Palmares.

O acordo tinha quatro pontos: liberdade pros nascidos em Palmares; concessão de terras pra viverem; comércio à vontade com os brancos; título de vassalos da Coroa portuguesa.

As terras dadas a Ganga Zumba ficavam em Cacaú, a 30 quilômetros de Serinhaém, férteis, boa parte ainda coberta por mata virgem. Pra lá ele se mudou com toda a família, incluindo o irmão Gana Zona, e mais de mil homens.

O antigo governador Pedro de Almeida, de volta a Lisboa, convenceu a corte de que em Palmares restavam tão poucos negros rebelados que qualquer tropa de vinte ou trinta soldados acabaria de destruir o quilombo.

Não era verdade.

Zumbi agora era o senhor absoluto de mais de 20 mil negros.

Havia mais de quarenta anos eu vagava pelas matas de Palmares como *quifumbula*, aterrorizando os brancos, e meu ódio por eles não passava. A memória da escravidão, desde a captura em Angola até o trabalho no engenho, passando pelo porão do navio negreiro, alimen-

tava esse ódio, dava razão a ele. Estava decidido a travar um combate com todos os que lucravam com o trabalho escravo, até o fim da minha existência, que pelo visto seria bem longa, porque eu não envelhecia. Mas havia um desespero profundo nessa luta... porque ela não podia ser vencida.

A escravidão não acabava ali. Os próprios negros poderosos de Palmares tinham escravos. Era preciso que acabasse dentro da cabeça dos homens, mas esse tempo ainda estava longe. A África continuava a mandar negros pro Brasil, a fonte parecia inesgotável. Aqui eram espalhados, isolados, separados por distâncias imensas. Impossível unir todos numa luta comum, juntar os quilombos em um só.

A luta em Palmares não tinha perspectiva de vitória, era apenas revolta cega, insubmissão, guerra contra os brancos feita por negros que preferiam a morte à escravidão e que por isso, independentemente de vitória ou derrota, combateriam até o fim.

Era assim que eu pensava.

Era assim que Zumbi pensava.

Com ele no poder, a revolta explodiu. Zumbi ocupou Macaco e estabeleceu sua autoridade, forte, implacável. Sabia que o acordo de paz era falso, os senhores brancos só queriam dividir os rebeldes e obter informações. Agora os muitos guerreiros negros vivendo em Cacaú passariam ao Exército português as técnicas da "guerra do mato", a organização interna das forças palmaristas e a localização dos mocambos.

Zumbi precisava mudar tudo. Novas leis eram necessárias.

Degola pra desertores e traidores. Ele obrigou mocambos importantes a se mudarem; povoações inteiras, milhares de pessoas abandonaram lavouras, procuraram lugares remotos na selva. Reforçou os postos de sentinelas em toda a orla da mata, inclusive pros lados do sertão. Intensificou como nunca o ataque às vilas próximas pra se abastecer de armas e munição. Ergueu mais duas paliçadas em Macaco e multiplicou fossos e estrepes. Palmares agora vivia pra guerra, todos ali eram guerreiros.

Apareci mais vezes pra Zumbi, apoiava suas ações, aconselhava, levava informação. Fui eu quem o alertou sobre o perigo de Ganga Zumba continuar vivo em Cacaú, prosperando em suas terras. As dificuldades crescentes da guerra em Palmares fariam os negros pensar em se mudar pra Cacaú.

Gana Zona ainda foi a Macaco tentar convencer Zumbi a se render, oferecendo terras e liberdade, mas fracassou.

Uma expedição de duzentos soldados subiu atrás de Zumbi. Choveu torrencialmente todo o tempo. Ele os atraiu com pequenas emboscadas e rastros falsos até um ponto isolado da mata e atacou; as tropas perderam munição e armas e poucos soldados voltaram com vida.

Do começo de 1680 em diante, as tropas não pararam de subir a Palmares e ser rechaçadas. Conseguiam apenas manter abastecido o Arraial do Bom Jesus e a Cruz.

Zumbi infiltrou conspiradores em Cacaú, minando o poder de Ganga Zumba e provocando muitas fugas de volta a Palmares, mas um ataque direto era impossível. Guerreiros fiéis protegiam o ex-líder dia e noite. Contingentes de soldados, índios e mamelucos cercavam a região.

Resolvi intervir, fui a Cacaú e comecei a "aparecer" pros antigos chefes de mocambo que haviam traído o quilombo e aceitado o acordo de paz: Amaro, Canhogo, João Mulato... Surgia diante deles à noite, em suas casas ou no meio do mato, paramentado com cocares e ossos atravessados no beiço e nas orelhas, dizendo ser uma entidade muito zangada com a traição e ordenando que conspirassem contra Ganga Zumba. Funcionou. Eles se uniram e traçaram um plano secreto pra retornar a Palmares, levando de volta grande quantidade de negros, incluindo os escravos das fazendas vizinhas. Mas alguém os delatou e Ganga Zumba mandou matá-los.

Cacaú se dividiu em dois grupos rivais, porém a força do chefe era superior. Então apareci pra Ganga Zumba avisando que ele corria perigo, havia traidores infiltrados entre seus homens e eu vinha de calunga especialmente pra alertá-lo de que ele morreria nos próximos dias, envenenado.

Ganga Zumba pediu auxílio ao mundo dos mortos. Dei-lhe uma cabaça pequena, com uma poção gosmenta, um antídoto pro veneno que seus inimigos lhe dariam. Ele sobreviveria e ainda recuperaria seu prestígio de feiticeiro imortal. Ganga Zumba bebeu.

Morreu pouco depois.

Morreu de verdade.

O conflito estourou em Cacaú. Gana Zona liderou o ataque ao grupo rival, pra vingar a morte do irmão. Amaro, João Mulato, todos os negros rebelados foram mortos, degolados. O exército chegou, matou, prendeu e decepou cabeças de ambas as facções. Restaram apenas duzentos homens válidos que foram vendidos aos senhores de engenho da região.

A paz acabou, Cacaú acabou e veio a guerra total.

12

Capítulo

O soldado de pau, o vampiro mau e o mercenário ainda pior

— Desculpe... não consigo deixar de pensar que não estou diante do corpo do homem que fez tudo isso. Nessa época você ainda estava no corpo do Gaspar original, não é?

— Não se preocupe. Não vou me esquecer de contar essa parte. E estamos perto.

— É que às vezes fico confuso. Estou diante do homem que matou Ganga Zumba... e não estou.

Gaspar esticou as mãos abertas para a frente e depois segurou a cabeça:

— Não foram estas mãos que deram o veneno a ele, mas foram estes pensamentos. E não é por isso que não me sinto culpado nem arrependido. Não havia possibilidade de paz entre senhores e escravos. Como negros viveriam livres em Cacaú se em toda a volta outros negros eram submetidos às crueldades da escravidão? Como acreditar que os acordos seriam respeitados se os senhores de engenho e os comerciantes de escravos faziam a própria lei? Ganga Zumba errou, e pagou por isso. Guerra é guerra.

Apesar das ancestrais hostilidades tribais vindas da África, a luta pela liberdade havia unido milhares de negros em Palmares, e nessa união contra a escravidão estava o poder. Fazer os negros pensarem que poderia haver uma alternativa à luta, que viveriam ao lado dos brancos cultivando a terra e criando suas famílias em paz, foi só uma maneira de enfraquecê-los e tentar derrotá-los.

Os brancos logo mostraram suas garras. Na breve ilusão da paz, nos confortáveis salões da comarca, as terras foram demarcadas e doadas a senhores de engenho, comandantes de expedições, comerciantes e soldados. Todos ficaram satisfeitos, e agora queriam tomar posse delas. Mas Zumbi era uma barreira intransponível e, em vez de se defender, partiu pro ataque com uma nova estratégia: formou diversas colunas de quarenta guerreiros e atacou simultaneamente vilas, fazendas e estradas, sempre roubando armas e munições e libertando escravos. Foram investidas tão fulminantes e imprevisíveis que as tropas do governo não tiveram como contra-atacar.

Pressionado pelo novo levante negro, de um lado, e, do outro, pelos "proprietários" reivindicando as terras prometidas de Palmares, o governador tentou um acordo de paz com Zumbi, perdoando todos os seus "crimes" e oferecendo terras. Zumbi o ignorou. O governador insistiu, dando um prazo de quatro meses pra resposta. Zumbi ignorou a proposta e o prazo.

O governador foi obrigado a enfrentá-lo, a formar expedições. Prometeu aos oficiais das tropas grandes recompensas em dinheiro pela morte de Zumbi. Isso causou uma situação inesperada: aumentou a fama de que Zumbi era imortal.

Para reivindicar a recompensa, depois de cada batalha contra negros em Palmares, os oficiais voltavam a Recife mentindo, dizendo que haviam matado Zumbi. A notícia era levada de volta a Palmares, os próprios negros acreditavam, porém logo ficavam sabendo que Zumbi reaparecera, voltando sempre de calunga pra guerrear contra os brancos.

Estipulou-se então que a recompensa só seria dada mediante prova: a cabeça degolada de Zumbi.

Durante anos as tropas continuaram subindo as matas e voltando derrotadas; enquanto isso, os guerreiros negros faziam incursões ousadas, como penetrar na vila de Alagoas, bloquear estradas durante meses, expulsar fazendeiros de suas terras e até invadir um presídio no litoral e libertar todos os presos.

Em 1684 irrompeu novo surto de varíola, ainda mais violento do que o de vinte anos antes. As próprias famílias enterravam seus mortos porque não havia coveiros pra todos. Por acreditarem que estrume de vaca queimada combatia a "peste da bicha", Recife sufocava na fumaça fedida.

A produção de açúcar em decadência, a falta de dinheiro, a carestia e agora a peste. A peste que estranhamente não atingia Palmares.

O governador tentou novamente fazer um acordo com Zumbi. Apelou pro próprio rei de Portugal. Precisava negociar com o líder de Palmares porque não havia mais como organizar expedições contra ele.

Em fevereiro de 1685 chegou uma carta do rei de Portugal pra Zumbi. O rei perdoava os "excessos" que ele havia cometido, desculpava-se "pelas maldades provocadas por alguns maus senhores" e o convidava a escolher terras em qualquer lugar de Pernambuco pra viver com sua família e seu povo, "livres de qualquer cativeiro".

Zumbi ignorou o rei.

O governador foi obrigado a revidar a ofensa. Organizou uma expedição de seiscentos homens prometendo dar a eles todos os negros capturados e o dinheiro de impostos desviados da Coroa. Pro comando trouxe de volta Fernão Carrilho, que partiu da vila de Alagoas em janeiro de 1687.

Eu os esperei numa trilha na borda da floresta. Queria atacar um soldado e começar a espalhar o medo nas tropas. À noite, do galho de uma árvore, enquanto escolhia minha vítima, vi um santo Antônio de madeira, em tamanho natural.

O soldado de pau agora até vestia farda.

Carrilho tinha interesses próprios naquela campanha: ele havia ganhado 130 quilômetros de terras em Palmares e queria tomar posse delas. Sofreu pequenas emboscadas, investiu contra elas, foi conduzido a um ponto isolado da mata até ser cercado, atacado, escapar por pouco e fugir de Palmares com os negros em seu encalço. Quando afinal chegou a Recife, Zumbi já invadira Alagoas, São Miguel e Penedo e parecia estar indo na direção da capital.

Uma negra confirmou essa intenção e denunciou a grande conspiração. Havia meses Zumbi espalhara espiões entre as senzalas, preparando uma grande sublevação de escravos. A um sinal vindo de Palmares, todos, ao mesmo tempo, massacrariam os brancos e tomariam Recife.

O momento era favorável a uma vitória total. A negra delatou alguns conspiradores, o governador os degolou, mas o perigo continuava, a situação era crítica.

Hora de pedir ajuda aos paulistas.

Nas últimas décadas, numa capitania ao sul esquecida por Portugal, que não produzia nada que se pudesse exportar e afastada do Atlântico pela serra do Mar, brancos e índios isolados vinham formando uma população de mamelucos que nem falava português.

Esses descendentes diretos dos índios viviam de prender e escravizar os próprios índios. Não tinham dinheiro pra comprar negros nem respeitavam as proibições dos padres de escravizar indígenas.

O povoado principal da capitania se chamava São Paulo. De lá partiam as tropas de mercenários que arrasavam missões jesuítas, aprisionavam aldeias ou acabavam com rebeliões, degolando tribos inteiras.

Os paulistas eram considerados selvagens pelos brancos do litoral. Extremamente violentos e perigosos, espalhavam morte e terror por onde passavam. Viviam no mato como feras e precisavam de intérprete pra se fazerem entender pelos portugueses, porque só falavam tupi-guarani. Roubavam gado e terras, mas as autoridades muitas vezes precisavam deles pra debelar revoltas indígenas. Conheciam os sertões, falavam a língua dos índios, sabiam usar as rivalidades entre as tribos e tinham tropas de milhares de homens bem armados e treinados na guerra do mato.

Naquela época os paulistas já haviam chegado ao Nordeste, em longas incursões pelo interior exterminando índios e conquistando extensões imensas de terras. Um dos chefes paulistas mais famosos e sanguinários estava mil quilômetros ao norte de Pernambuco, com um exército de 1.200 índios, e mais 150 mamelucos, armados de arco e flecha, lanças e espingardas.

O nome dele era Domingos Jorge Velho.

Havia tempo senhores de engenho e governadores vinham pensando em contratar paulistas pra dar um fim ao quilombo dos Palmares, mas o projeto era arriscado porque aqueles bandos de ladrões de terra e mercenários podiam se tornar um problema pior do que os negros.

As notícias das barbaridades cometidas por eles assustavam, mas, com a ameaça real de uma sublevação total dos escravos e o extermínio dos brancos, Recife afinal decidiu mandar procuradores pra contratar os serviços de Jorge Velho.

Depois de muita negociação, em março de 1687 foi assinado um acordo. Jorge Velho se encarregava de "conquistar, destruir e extinguir totalmente os negros levantados dos Palmares". O governador daria chumbo, pólvora, armas e mantimentos. Os paulistas ficariam com os negros aprisionados, ganhariam terras em Palmares e teriam perdão antecipado pelos crimes que "viessem a cometer".

Jorge Velho partiu pra guerra contra os negros.

Na caminhada de mil quilômetros até Recife ele perdeu 196 homens, mortos de fome, e outros duzentos fugiram. Quando estava quase chegando, o governador-geral o contratou pra acabar com uma rebelião de índios janduins no Rio Grande do Norte e ele desviou a caravana pra lá. Como tinha ordens pra não fazer prisioneiros, Jorge Velho cortou pessoalmente as cabeças de velhos, crianças, homens e mulheres, e em 1688 recebeu os cumprimentos oficiais do arcebispo da Bahia pela degola dos 260 índios.

Ainda custou a partir pra Recife porque um grupo de tapuias incorporado à tropa se rebelou e não quis ir pra Palmares. Jorge Velho os reuniu pra negociar e degolou todos. Seguiu viagem, levando 6 mil cabeças de gado roubadas.

Em 1691, afinal, construiu um arraial em Tapirabaté, perto de Recife, e fez novas exigências pra atacar Palmares. Agora queria 600 mil réis, mais armas, munições, duzentos machados, dois quintais de pólvora, duzentos alqueires de farinha, trinta de feijão, soldados, guias e ratificações do acordo de ficar com terras e escravos conquistados.

O governador concordou. Agora tinha medo dos negros e dos paulistas.

Jorge Velho não parou de fazer exigências, e não partia nunca pra Palmares. Ou eram os rios que estavam muito cheios, ou as munições ainda não eram suficientes, ou precisava de mais reforços de soldados brancos, e assim passou mais um ano ali, até que finalmente foi à luta. Em 12 dias de caminhada, Jorge Velho se aproximou de Macaco e ergueu um arraial fortificado.

Eu acompanhava a movimentação dos paulistas, passava noites e noites pendurado de cabeça pra baixo no teto da choça de Jorge Velho, depois ia levar as informações a Palmares. Zumbi teve muito tempo pra se preparar; deixou que os paulistas entrassem em Palmares, se instalassem no arraial e, quando os visitantes se sentiram tão tranquilos a ponto de sair pra colher bananas, atacou.

Luta feroz, corpo a corpo. Os paulistas se surpreenderam, não esperavam que os negros fossem tantos, que estivessem tão bem armados e lutassem tão bem. Perderam dezenas de homens; outras dezenas fugiram e foram perseguidos até a entrada de Porto Calvo.

Jorge Velho acabou acuado no arraial, lutando, à espera de reforços; quando chegaram, sua tropa estava reduzida a cinco homens.

O governador mandava soldados, índios, comida e armamentos pro arraial, mas Zumbi atacava os comboios. Quando enfim vieram as chuvas torrenciais de dezembro, Jorge Velho teve de deixar Palmares.

O chefe paulista nunca sofrera uma derrota daquelas. Acampou perto de Porto Calvo e começou a cometer tantos roubos e barbaridades que foi expulso.

Levantou outro acampamento junto do rio Parajati e persistiu roubando gado, saqueando fazendas, causando todo tipo de tumulto. Degolou mais de duzentos índios que se recusaram a ser escravos, uma aldeia inteira, protegida pelos beneditinos.

Os moradores da região pediram sua expulsão da capitania, alegando "preferir os negros dos Palmares àqueles bárbaros assassinos". Os senhores de engenho apoiaram a expulsão, pois estavam sendo saqueados pelos mercenários que eles mesmos tinham pagado pra defendê-los. Além disso, não concordavam com as promessas do governador sobre dar terras aos paulistas: não queriam vizinhos assim pra sempre.

Mas eles não iam embora, e seria muito difícil obrigá-los a fazer isso.

Pior. Uma decisão do rei de Portugal em 1692 colocou Jorge Velho no poder novamente.

Capítulo 13

Como se fazem os heróis

Padre Antônio Vieira escreveu uma carta ao rei de Portugal convencendo-o a concentrar todas as forças do Império na destruição de Palmares. O jesuíta sempre fora contra acordos de paz com os negros. Pra ele, a rebeldia dos escravos era um pecado:

— Não podem ser absolvidos nem receber a graça de Deus sem se restituírem ao serviço e à obediência de seus senhores.

Fazer a paz com eles era concordar que vivessem em pecado, além de péssimo exemplo. Todo negro que soubesse que outros estavam vivendo livres também ia querer liberdade e surgiriam outros Palmares por toda parte. Pro padre, libertar os negros seria destruir o Brasil. Pra escravos fugidos só havia duas opções: recapturar ou matar.

Convencido por Vieira, no começo de 1693 o rei nomeou um novo governador pra Pernambuco, Caetano Melo e Castro, e deu a ele plenos poderes contra Palmares. Podia usar todo o dinheiro arrecadado na capitania e assumir qualquer compromisso com os homens que se alistassem na luta.

Caetano de Melo já saiu de Lisboa levando muito dinheiro, armas e munição. Assim que chegou, comprou toda a farinha, todo o milho e todo o feijão produzidos em Pernambuco e em outras capitanias e peregrinou pelos engenhos convencendo proprietários a colaborar no ataque final aos negros.

Prometeu terras pra todos os que participassem da luta, perdão pra todos os crimes, abriu os presídios e alistou detentos. Com o apoio do governador-geral, mandou trazer da Bahia mais armamentos e munição.

O povo aderiu em massa. Havia dois anos que não chovia. Além da decadência do açúcar, a seca acabava com as plantações e o gado e alastrava a miséria nas vilas. A fome e a sede levavam milhares de famílias a procurar ajuda em Recife, procissões pediam chuva a Deus e aos santos. As autoridades começaram a persuadir o povo de que, enquanto passavam necessidade, não havia falta de chuva em Palmares. Nas terras altas, as lavouras prosperavam e os negros viviam com fartura.

O povo ficou contra o quilombo.

Porto Calvo virou base militar. Mantimentos, armas e homens não paravam de chegar — 3 mil recrutados em Recife e Olinda, 2 mil em Alagoas e Porto Calvo, 1.500 em Penedo e São Miguel. Só o senhor de engenho Antônio Vieira de Melo mandou trezentos homens e dezenas de cabeças de boi. Oitocentos voluntários chegaram da Bahia, da Paraíba e do Rio Grande do Norte, mais as centenas de mercenários e índios da força que Jorge Velho já organizara em Tapirabaté. No final de 1693 o governador tinha formado um exército de 9 mil homens!

O comando geral de toda essa força militar, a maior que o Brasil já havia visto, ficou nas mãos de Jorge Velho.

A primeira providência foi abrir uma estrada de Porto Calvo ao mocambo do Macaco, um caminho por onde passassem carroças.

Carroças levando canhões.

Ladinos e *boçais* eram termos utilizados para diferenciar os escravos que dominavam a língua portuguesa (ladinos) daqueles que não a sabiam (boçais). Em geral, a maior parte dos escravos era classificada como bantos, vindos de Angola, Moçambique e Congo, mas os sudaneses, alguns convertidos à religião muçulmana, eram considerados mais robustos e desenvolvidos.

A estrada avançava mata adentro, chegando cada vez mais perto. Homens trabalhavam dia e noite.

Comecei a sentir uma mudança em Zumbi. Em volta do Grande Chefe havia um grupo de negros sudaneses, do norte da África, muçulmanos, monoteístas, minando as crenças de Zumbi, convencendo-o de que Alá era mais poderoso do que todos os deuses bantos juntos e, pior, persuadindo Zumbi a abandonar a "guerra do mato".

Aquela estratégia de luta já durava um século, diziam os sudaneses, e não haviam conquistado nada. Cem anos fugindo, abandonando lavouras, milhares de negros vagando pela floresta, meses escondidos em cavernas e matagais feito bichos. Pra eles, aquilo precisava ter um fim.

Convenceram Zumbi de que havia chegado o momento do confronto decisivo. O governo preparava a maior expedição de todos os tempos, e uma vitória sobre eles seria definitiva.

Zumbi deu ouvidos. Alá os protegeria.

A estratégia dos negros mulçumanos, aprendida com os árabes, era a dos castelos e das muralhas intransponíveis, em que os inimigos gastavam em vão a munição e a vida dos soldados. Tentei dissuadir Zumbi, explicando que o quilombo dos Palmares só durara um século justamente graças à "guerra do mato". Fortalezas eram estratégias de deserto, onde não havia como se esconder.

Eu podia até concordar com um confronto aberto com os brancos, mas não presos dentro de muros, sem rota de fuga. Só que Zumbi já não me ouvia como antes, começava a acreditar que Alá era mais poderoso. A um Deus só era mais fácil de servir e obedecer. As muralhas cresciam em volta do mocambo do Macaco, guerreiros chegavam de todos os pontos, trazendo todas as armas e munições de Palmares.

O exército de Jorge Velho partiu pra Macaco em janeiro de 1694. Índios na frente, pra pressentir e evitar emboscadas, em seguida milhares de soldados bem armados, depois as carroças e os escravos levando víveres e munições.

Dois franciscanos carregavam a estátua de santo Antônio, fardado. O próprio rei homologara a lei que garantia o pagamento do soldo do santo-soldado à Ordem de São Francisco.

Fiz algumas vítimas entre os brancos, mas tive pouco sucesso em amedrontar uma tropa com o moral tão elevado pelo número de soldados e pela quantidade de armas.

Através da nova estrada, o exército inimigo chegou às portas do Macaco em três dias e se espantou muito com o que viu. A paliçada que Jorge Velho conhecia agora era uma muralha de pedra e troncos da altura de cinco homens, e por trás dela havia outras duas, ainda mais altas.

As três muralhas paralelas faziam um semicírculo em torno do mocambo, começando e terminando no precipício de 700 metros, no alto da serra da Barriga. Deviam medir mais de 5 quilômetros de extensão cada uma, e tinham guaritas pros vigias, além de buracos de dois em dois metros pros atiradores.

Do lado de fora, em toda a volta, a mata havia sido cortada pra dar visibilidade a vigias e atiradores, e na extensa clareira fora aberto um fosso com estrepes de ponta de ferro. Era uma fortaleza árabe, inexpugnável, no meio da floresta, com mais de 5 mil guerreiros negros dentro, e milhares de mulheres e crianças.

As tropas acamparam a distância, na orla da floresta, sem saber o que fazer. Quem se aproximasse da muralha cairia no fosso e seria atravessado por um estrepe da virilha até a garganta, ou se tornaria alvo fácil pros arqueiros e atiradores inimigos.

Uma coluna de sessenta homens avançou. Foi dizimada. Outra começou a cavar uma trincheira, mas a terra era muito dura e cheia de raízes e, do alto, os negros aquartelados os flecharam com facilidade.

As tropas mal podiam colocar a cabeça fora da floresta: a qualquer momento uma bala saía de um dos buracos da muralha e acertava um soldado, ou uma flecha incendiária punha fogo no mato, que se alastrava pelas cabanas improvisadas, obrigando-os a recuar ainda mais.

Eu sobrevoava o acampamento inimigo durante a noite. Do alto via o mocambo seguro, entre as três gigantescas muralhas de um lado e o abismo profundo do outro. Se era pra seguir a tática da guerra fixa, em uma fortaleza inexpugnável, em que um dos exércitos vence pela exaustão do adversário, o lugar era perfeito.

O problema eram os canhões.

Nos tempos de Moisés ainda não tinham inventado os canhões.

Noites depois apareci pra Zumbi com uma notícia preocupante. Eu não era Alá, mas ainda servia pra alguma coisa. Durante a noite, os brancos estavam construindo paliçadas em três pontos diferentes, junto à borda do fosso. Nas duas noites seguintes Zumbi mandou guerreiros saírem e atirarem nos soldados, mas eles se protegiam nos troncos espetados pelos próprios negros na terra, e afinal ergueram as três paredes de pau a pique, com 500 metros cada.

Elas acompanhavam a curva da muralha externa: uma em cada extremidade, junto ao precipício, e outra no centro. Jorge Velho dividiu as tropas em três grandes grupos e ficou na extremidade direita. Vieira de Melo, o autor da ideia, ficou na extremidade esquerda.

Com as três contracercas, os brancos conquistaram posição perto do mocambo, ficaram protegidos e não precisaram mais recuar.

No dia 23 de janeiro de 1695, Jorge Velho ordenou um ataque geral e simultâneo. Os soldados sairiam das contracercas e colocariam troncos como pontes sobre o fosso. Ele acreditava que os negros não poderiam conter o avanço dos três destacamentos atacando a muralha por todos os lados.

Estava enganado. Uma chuva de balas e flechas caiu sobre eles, matando centenas, jogando dezenas aos estrepes, obrigando as tropas ao recuo. As baixas foram tantas que Jorge Velho teve de mandar mensageiros a Porto Calvo pedindo reforços ao governador.

Uma semana depois, tentaram outro assalto geral e novamente foram rechaçados, mas dessa vez um pequeno grupo conseguiu avançar, estender troncos, atravessar o fosso e chegar à primeira muralha. Ficaram em uma situação desesperadora, sem soldados na retaguarda dando cobertura: se recuassem, seriam flechados – a única saída era se manterem colados à muralha tentando abrir um rombo nela a machadadas.

Esforço inútil. Receberam do alto uma carga de brasas e água fervente e foram pescados por cordas com ganchos de ferro na ponta que entravam por gargantas, costas e sovacos.

As duas derrotas minaram o moral das tropas e surgiram dissidências entre os comandantes. Não sabiam o que fazer... Mas então, a 3 de fevereiro, afinal chegaram os canhões.

Seis canhões, trazidos por duzentos homens.

Avisei Zumbi. O Grande Chefe não se preocupou muito; seus sábios conselheiros, inspirados por Moisés e guiados por Alá, já haviam pensado em tudo: os canhões não tinham um alcance longo e os fossos impediriam que eles chegassem perto das muralhas.

Eu não me conformava com aquele tipo de estratégia. Apareci pra Zumbi no meio da noite, tentando impressioná-lo ao máximo, o corpo besuntado de sangue, aconselhando que metade dos guerreiros saísse de Macaco na calada da noite e surpreendesse o inimigo pelas costas, num ataque fulminante, acuando-os contra as próprias contracercas. Ficariam protegidos pela floresta, poderiam dispersar, voltar a atacar, fazer emboscadas na estrada que vinha de Porto Calvo, impedir os comboios que traziam armas e comida pros soldados.

Zumbi não me escutou.

A nova ideia foi mais uma vez de Vieira de Melo.

Na noite sem lua de 4 pra 5 de fevereiro, no mais absoluto silêncio e trabalhando no escuro, os soldados construíram uma cerca de troncos grossos, num ângulo oblíquo à muralha. Ela partia da paliçada central e ia na direção da extremidade esquerda da muralha, próximo à borda do abismo — cada vez chegando mais perto das muralhas do mocambo, até a distância suficiente pra colocá-las abaixo com balas de canhão. Podendo se aproximar em segurança dos fossos, entrariam lá e retirariam os estrepes, transformando fossos em trincheiras.

Eu passava os dias no fundo do precipício, dentro de uma caverna onde os raios de sol não penetravam. Foi lá que passei todo o dia 5. Quando o sol se pôs, tratei de voltar ao mocambo. A situação era terrível.

Protegidas pela nova cerca, já com os canhões posicionados, as tropas só esperavam pela manhã do dia 6 pra abrir fogo contra as muralhas.

O relapso vigia noturno, encarregado da extremidade esquerda da muralha, havia sido degolado pelo próprio Zumbi, que reunira seu conselho de guerra, entre eles os "sábios" sudaneses, pra decidir o que fazer ainda aquela noite.

Como morcego, sobrevoei a reunião, aliviado ao perceber que Zumbi afinal ouvia meu conselho e pregava que o melhor era conseguir uma maneira de fazer boa parte dos guerreiros sair escondida do mocambo e atacar o inimigo pela retaguarda. Um muçulmano sugeriu que eles descessem por cordas até o fundo do abismo, mas não tinham cordas tão compridas e, mesmo que tivessem, levariam uma semana pra subir de volta à serra da Barriga. Eram desse tipo as ideias que eles tinham.

Os sudaneses não podiam se opor à nova estratégia, os canhões já estavam posicionados a uma distância capaz de pôr abaixo as muralhas. Mas deram mais uma péssima ideia: lembraram que a cerca oblíqua do inimigo parava uns vinte metros antes da borda do precipício. A noite era sem lua e, em silêncio, muitos guerreiros podiam passar pela borda das três muralhas de Macaco, junto ao precipício, um a um, pelo espaço entre a cerca inimiga e o abismo, e alcançar a floresta.

Às duas horas da manhã do dia 6, um grande destacamento de negros fez fila na borda do precipício, começou a transpor as muralhas, passar pela ponta da paliçada inimiga e correr pra floresta. O plano estava dando certo, mais da metade já conseguira alcançar a mata, quando um vigia da tropa de Vieira de Melo percebeu a fuga e atirou em um dos negros, que levou uma carga de chumbo em pleno peito e caiu no abismo.

O barulho do tiro despertou os soldados e começou uma fuzilaria em massa. Eu sabia que era uma estratégia estúpida alinhar os guerreiros na beira de um precipício. Eram alvejados e caíam, um atrás do outro, como patinhos de metal num tiro ao alvo.

Sem chance de avanço nem recuo, a saída foi se precipitar de encontro aos tiros, e a luta se transformou num combate corpo a corpo, com facões, lanças e machadinhas, até que os outros dois destacamentos chegaram e a massa de milhares de soldados empurrou os guerreiros negros despenhadeiro abaixo.

Eu voava sobre a cena sem poder fazer nada. Os negros presos na fortaleza não conseguiam sair em massa pra fazer frente ao inimigo. Impedidos pelas próprias muralhas, chegavam ao campo de batalha, eram logo aniquilados e despencavam na escuridão.

Zumbi ordenou que colocassem a ponta das três muralhas abaixo pra poder sair muitos de uma vez. Fizeram isso a golpes de marreta e machado. Ele se achava imortal: ia proteger seus homens, lutar ao lado deles, avançar contra os soldados, reverter a situação, ganhar a guerra. Assim que passou pela última muralha, levou duas cargas de chumbo.

Os negros viram seu Grande Chefe mortalmente ferido, à beira do precipício.

Os soldados o cercaram, apontando as armas, a poucos metros. Gritaram que se rendesse. Queriam a cabeça pra mostrar às autoridades.

A batalha parou.

Negros e brancos olharam pra Zumbi.

Ele ergueu o punho fechado e pulou no abismo.

Poucos metros abaixo, protegido pela escuridão da noite, o morcego transformou-se no guerreiro jaga.

Segurei Zumbi em pleno ar e despencamos juntos no precipício.

O vampiro e o Zumbi dos Palmares

A queda foi amortecida pela imensa pilha de cadáveres.

Centenas de corpos negros empilhados, membros partidos, crânios rachados, e outros mais caindo lá de cima incessantemente, a chuva de negros não parava, gritos e tiros ecoando no abismo de pedra, cheiro de sangue e fezes.

Eu não tinha tempo, uma fina fatia de sol já aparecia sobre as montanhas.

O buraco na barriga de Zumbi era grande. O outro tiro varara as costelas, um pouco abaixo do coração, e o sangue saía dali em pequenas golfadas. Mas ele respirava ainda, e gemia.

Desci a pilha de mortos carregando Zumbi, deixando um rastro de sangue pra trás. Entrei na minha caverna, fui até o fundo, onde os raios de sol não chegavam. Acomodei Zumbi em meu colchão de folhas de palmeiras, não podia fazer nada por ele agora... o dia nascendo... eu estava perdendo a consciência...

Um estalo no cérebro, abri os olhos, todo o meu corpo sentiu que era noite, minha energia voltou, acendi a lamparina. Zumbi estava na mesma posição em que eu o deixara. O sangue ainda borbulhava, fraco, quase não conseguindo vencer a crosta coagulada que se formara em torno do buraco feito pelo chumbo em suas costelas. A respiração imperceptível saía pela fresta entre os dentes semicerrados. Não gemia, tinha os olhos fechados, ardia em febre.

Zumbi ia morrer, não havia o que fazer por ele. Tentei acordá-lo, sacudi seu corpo, abri seus olhos, vidrados, pupilas imóveis olhando pro teto da gruta, e a febre, a febre da morte.

Eu podia sair atrás de plantas e bichos pra preparar unguentos, *quirimbus*, mas não adiantava; sabia reconhecer os sinais da morte, e contra a morte não havia remédio. Nem truques.

Passei a mão sobre a testa dele. Assistiria à morte de um guerreiro, um dos mais valentes que havia conhecido, um dos que preferiam a morte à escravidão. Agora seu espírito iria pra calunga, de verdade, sem truques, não havia o que fazer.

Então por que não parava de pensar naquilo?

Truques.

Truques. *Macutus*. Não era o que Kikulakaji, o Velho, meu pai adotivo, me ensinou a vida toda? Truques, truques pra resolver todas as coisas? Espremi meus pensamentos com a força do desespero. Eu tinha enganado muita gente me fazendo passar por *quifumbula* e terminara virando um *quifumbula* de verdade. Tinha enganado Zumbi fazendo-o acreditar que havia morrido e voltado do mundo dos mortos. Não podia torná-lo mesmo imortal? Zumbi de verdade?

Então a ideia veio. Se Zumbi fosse como eu, aqueles ferimentos não o matariam.

Eu poderia transformar Zumbi num *quifumbula*?

Como Calabar havia feito aquilo comigo? Como transmitira a *quirimbu* a mim? Qual o truque? Sempre havia um truque. Calabar havia chupado o sangue do meu pescoço, eu já fizera isso com centenas e centenas de pessoas e elas nunca sobreviviam. Não era sugando sangue da vítima que se transmitia a *quirimbu*.

Ela tinha de entrar na vítima.

A orelha! Eu tinha mordido e engolido a orelha de Calabar.

Peguei a machadinha, decepei minha própria orelha, abri a boca de Zumbi e a enfiei goela abaixo.

Esperei, nada aconteceu. Talvez pra Zumbi a dose precisasse ser mais forte, já que eu estava sadio quando fui atacado por Calabar. Decepei a outra orelha e fiz Zumbi engoli-la. Esperei mais, esperei bastante, a noite seguia, nada.

O sangue escorria dos dois lados da minha cabeça, me enfraquecia, não me deixava pensar direito. As orelhas... o truque não era aquele... O que mais tinha acontecido? Sangue, isso, depois que arranquei com

os dentes a orelha de Calabar o sangue espirrou e eu bebi o sangue de Calabar! Kikulakaji ensinou... a força vital está no sangue, a vida está no sangue, os deuses, os espíritos sem corpo, as almas mortas querem sempre sangue, as oferendas devem ter sangue... Eu precisava dar sangue a Zumbi.

Meu sangue.

O sangramento na cabeça... eu tinha perdido muito sangue, e na confusão da guerra me esqueci de me alimentar... uma semana sem sangue, eu estava perdendo a consciência... Não conseguia ir lá fora atacar um cadáver pra me alimentar... só havia uma saída, um último truque.

Cravei os dentes no pescoço de Zumbi. Suguei, suguei... e senti que o estava matando, ou que ele já estava morto, porque com seu sangue não vinham suas memórias, como acontecia com todas as vítimas... Eram minhas próprias memórias que ressurgiam em minha mente, África, hipopótamos, Kikulakaji, cabeças decepadas, rituais macabros, porão do navio negreiro, negra no pelourinho com seios cortados a facão, negras nuas na cachoeira, mirante sobre o abismo, palmeiras selvagens... Me perdi em devaneios e labirintos de imagens do passado até não haver mais sangue no corpo de Zumbi... Me senti um pouco mais forte, sentei. Como passar meu sangue pra ele?

Encostei um lado da cabeça na boca de Zumbi, mas não deu certo. Eu precisava forçá-lo a beber. Qual a melhor parte do meu corpo pra fazer isso? Os pulsos. Ali o sangue passava com força. Dei um talho profundo com a machadinha no pulso direito. O sangue espirrou. Com a mão direita abri a boca de Zumbi e apertei o pulso direito contra ela.

Meu sangue entrou nele.

Ouvi os pássaros cantar e perdi a consciência.

Quando abri os olhos, a primeira coisa que vi foi meu próprio corpo, caído no chão da gruta.

Era eu. Gaspar.

E estava morto. Morto mesmo.

A lamparina ainda iluminava a gruta.

Olhei pro *meu* corpo e vi o buraco de sangue coagulado do lado esquerdo do peito.

Procurei por Zumbi, até entender que Zumbi estava ali, onde sempre esteve, sobre a esteira empapada de sangue.

Minha alma, meus pensamentos, minhas memórias... eu, Gaspar, estava dentro do corpo de Zumbi.

E eu, Gaspar, estava ao meu lado, morto.

Olhei minhas mãos, procurei as cicatrizes jagas; não, aquelas mãos não eram minhas, minhas mãos estavam no cadáver, minhas mãos, meu rosto, a inicial do pombeiro no ombro, o carimbo da Coroa Real no peito, o corpo todo de Gaspar.

Lembrei-me de Kikulakaji.

— *Mutu kene ukwense, kene mutu*. Pessoa sem vigor não é pessoa. *Mutu kene ukwense, kene mutu*. Pessoa sem vigor não é pessoa.

Tinha de recuperar o vigor, a energia vital. Não importava em que corpo eu estivesse.

O sangue não brotava mais do ferimento no peito. Na verdade, o buraco estava fechado, cicatrizado. Não tive dificuldade pra levantar e caminhar. Mas estava coxo. Lembrei que Zumbi já era coxo. Tudo bem.

Peguei a lamparina e fui até a grande bacia de barro onde armazenava água pra me lavar. Procurei meu reflexo na água parada e não vi nada. Passei a língua nos dentes. Não faltava nenhum.

Saí da caverna.

Milhares de corpos se espalhavam destroçados no fundo do abismo, formando pilhas, esmigalhados, ou jaziam solitários, quebrados, esquartejados, alguns já parcialmente comidos pelos animais da floresta. Uma jaguatirica arrastava uma criança pra selva. Das pilhas de corpos escorriam riachos de sangue que desciam pelas pedras e se perdiam na mata.

Coxeei entre os mortos, reconheci alguns, guerreiros com buracos de balas, flechas, membros decepados. Outros, sem ferimentos por armas, muitos mortos na queda, arrebentados ao se chocar no chão, guerreiros, mulheres, velhos, crianças, sem marcas de bala ou de flecha. Uma mulher ainda abraçada ao bebê. Aqueles haviam pulado por vontade própria. No rosto não havia pavor, mas determinação. Todos aqueles milhares de cadáveres negros haviam preferido a morte à escravidão.

Zumbi tinha dado o exemplo.

Enterrei meu corpo antigo, depois vaguei meio enlouquecido entre as pilhas de negros mortos que ficariam insepultos e alimentariam os urubus e as feras. Continuei andando sem rumo pela floresta por algumas noites, me enfiando na terra durante o dia pra me proteger do sol, tentando recuperar a clareza e o vigor, me apegando à existência graças ao ódio e aos projetos de vingança.

Zumbi havia morrido, mas não o seu corpo. Não era isso que eu queria? Não desejei com todas as minhas forças que Zumbi se transformasse no que eu era, um *quifumbula*, pra sobreviver aos ferimentos e à morte? Não tinha aprendido com Kikulakaji que no fundo o poder de um ganga estava na sua vontade?

Quis salvar Zumbi da morte à custa da minha própria vida, dando todo o meu sangue a ele, mas talvez o espírito do Grande Chefe de Palmares já estivesse em calunga. Salvei apenas seu corpo. E meu próprio espírito, percebendo meu corpo já morto, ocupou o corpo de Zumbi.

— *Na época eu não sabia nada sobre vampiros e como eles se reproduzem. Fiz tudo por instinto. E você tem razão. Sou filho de Domingos e herdei o poder de ocupar outro corpo. Só entendi isso lendo* O vampiro que descobriu o Brasil. *Mas por que Domingos entrou no corpo de Calabar? Ele só fazia isso com homens importantes e poderosos...*

— *Calabar também se chamava Domingos. Pode ter sido apenas isso, uma brincadeira com um xará... Mas você está dizendo que estou diante do corpo de Zumbi dos Palmares?*

— *Pois é.*

Minha única certeza é que o corpo de Zumbi tinha os mesmos poderes do meu antigo corpo, e estava "vivo" e cheio de vigor. Pelo menos à noite.

Isso podia ser *usado*.

Kikulakaji. Truque. Enganação.

Ferido, cercado pelos soldados, na frente de todo mundo, Zumbi tinha se jogado no abismo pra não se tornar prisioneiro e ser novamente escravizado.

Poderia surgir outra vez, voltar de calunga, agora um zumbi de verdade, pra levantar os negros e continuar a luta de Palmares!

Zumbis não morrem

Na manhã do dia 6 de novembro de 1695 os canhões derrubaram as muralhas.

Seis canhões em linha explodiram as paliçadas, mandaram pedras e troncos pro ar e os soldados invadiram Macaco numa confusão de gritos, poeira e pólvora; milhares de soldados atirando, gritando, ateando fogo nas choças.

Os guerreiros negros, aturdidos pelas explosões e pelo ataque em massa do inimigo, acuados pelo precipício, precisando proteger centenas de mulheres, crianças e velhos, partiram de encontro às tropas, sem formação nem estratégia, na desordem do desespero, e foram trucidados.

Os brancos estavam ali pra fazer prisioneiros. Se os negros se rendessem, voltariam à escravidão, mas manteriam a vida.

Não se renderam. Lutaram, varados por balas, flechas, e logo tinham a cabeça decepada. Muitos continuavam se atirando no abismo. Corpos sem cabeça se amontoavam por toda parte, canhonaços espalhavam pedaços humanos por todo lado.

A matança durou toda a manhã e entrou pela tarde; depois veio o incêndio total, troncos, corpos, plantações, choças, tudo ardeu em labaredas tão altas que dizem que o clarão pôde ser visto de Porto Calvo.

Mais de 5 mil negros mortos – os poucos que conseguiram fugir pra floresta foram caçados e degolados.

A resistência e a força de Palmares era tamanha que, numa medida desesperada, decidiu-se pagar um salário a um convento franciscano para que a imagem de santo Antônio, santo das "coisas perdidas", pudesse ser levada nas incursões contra o quilombo. Após a derrota de Palmares, o santo ascendeu na carreira militar, recebendo mais de 15 promoções em diferentes capitanias, de norte a sul do Brasil, todas com direito a soldo. No convento de santo Antônio, no Rio de Janeiro, o pagamento só foi suspenso em 1910, mas ele permanece com o posto de tenente-coronel.

A notícia da morte de Zumbi e da destruição de Macaco chegou logo ao litoral. Em Recife, o governador comemorou a vitória jogando moedas pro povo da janela do palácio, enviando comunicados oficiais sobre a "gloriosa restauração dos Palmares" ao rei e ao governador-geral, na Bahia, e mandando rezar missas em louvor a santo Antônio.

Jorge Velho não parou pra comemorar: continuou em Palmares com seu exército de mercenários, de mocambo em mocambo, destruindo, queimando, degolando, fazendo prisioneiros e os contrabandeando pra Bahia, onde o preço do escravo era mais caro, fraudando o contrato assinado com o governador. Enquanto isso, seus procuradores em Recife tentavam fazer Souto Maior cumprir o combinado sobre a doação das terras.

O fim de Zumbi e a destruição dos mocambos despertaram a corrida pra ocupar as montanhas cheias de nascentes, rios caudalosos, vales verdejantes pro gado e terras férteis pra plantar. Todos que, por algum motivo, se sentiam no direito de reivindicar alguma sesmaria na região acharam que o momento era aquele, ou perderiam a oportunidade pra sempre.

Palmares começou a ser invadido por todos os lados por tropas de linha, de ordenança, senhores de engenho com suas milícias, grupos de mercenários, ao mesmo tempo que em Recife as mesmas terras eram disputadas na justiça, e vieram confrontos sangrentos, emboscadas, assassinatos e litígios que duraram décadas.

Dois meses depois da destruição da Cerca Real do Macaco, num mocambo afastado, ao norte, onde Jorge Velho ainda não havia chegado, um grupo de guerreiros se reuniu num conselho pra decidir como enfrentar o inimigo, que penetrava pelo litoral e pelo sertão.

Tentavam se organizar novamente, depois da morte do Grande Chefe. Ali estavam representantes dos poucos mocambos restantes e de grupos nômades que vagavam pelas matas, acossados pelos inimigos. Naquela noite escolheriam um novo líder.

Não foi preciso.

Um morcego começou a dar voltas sobre os membros do conselho, atraindo a atenção, voos cada vez mais rasantes, até encostar no chão diante deles e, numa pequena explosão de fumaça e fagulhas, como quando se atira uma pedra no meio das brasas, Zumbi surgiu diante deles.

No final de 1695 a notícia se espalhou. Zumbi estava vivo e voltara a liderar um exército de 2 mil guerreiros.

Um choque tremendo pros brancos. Zumbi estava oficialmente morto, o governador garantira, dera sua palavra sobre a morte do líder do quilombo dos Palmares ao governador-geral e ao próprio rei, mas não havia como negar a verdade. Grupos de negros tornavam a atacar vilas, invadir fazendas, tocaiar tropas em trilhas e estradas. A "guerra do mato" voltava com uma ferocidade nunca vista. Centenas de testemunhas afirmavam ter visto Zumbi vivo, entre elas muitos soldados que testemunharam sua queda no abismo.

Os destacamentos de Jorge Velho foram atacados com extrema crueldade em vários pontos. Ele pediu reforços e o governador pôs a cabeça de Zumbi a prêmio novamente.

Os próprios brancos começaram a acreditar na imortalidade dele.

Agora com poderes sobrenaturais de verdade e conhecimentos de feitiçaria ganga, Zumbi tornou-se um inimigo poderoso, assustador até pra seus seguidores. Decepava cabeças de soldados com sua inseparável machadinha e depois bebia o sangue, na frente de todos. A capacidade de saltar distâncias enormes e voar como morcego fazia com que parecesse estar em duas batalhas ao mesmo tempo.

Por mais de um ano usei o fascínio que a volta de Zumbi do reino dos mortos causava ao povo negro e o terror que infundia nos brancos pra prosseguir na revolta e na vingança, até me convencer de que estava apenas colocando lenha na fogueira do ódio. Vagando por Palmares e atacando os brancos sem objetivo, sem conseguir organizar o quilombo novamente, não fundei um só mocambo poderoso nem voltei a ser o Grande Chefe.

Tantos inimigos, invadindo por tantas partes, tanta gente interessada nas terras, tantas lutas por propriedades, tantos conchavos e intrigas, que o próprio movimento negro contra a escravidão e o espírito de revolta contra os brancos — razão de ser do quilombo — iam sendo esquecidos e, em seu lugar, surgiam apenas bandos de negros saqueando vilas pra estuprar mulheres, roubar pertences e outros negros pra vendê-los... E esses bandos de saqueadores negros se confundiam com os grupos armados comandados por mim.

A vilania e a confusão eram tantas que começaram a aparecer outros Zumbis.

Aproveitando a fama do verdadeiro, alguns negros, de aparência semelhante, fingindo-se coxos e assumindo ares místicos, se faziam passar por Zumbi pra aliciar outros negros e formar quadrilhas de salteadores. Notícias de ataques simultâneos liderados por Zumbi a vilas e fazendas muito distantes umas das outras, em vez de suscitar desconfiança, aumentavam a crença em meus poderes sobrenaturais.

Impossível restaurar a unidade da luta dos negros. Impossível restaurar o quilombo dos Palmares.

Em novembro de 1695 um acontecimento inusitado apressou a decisão que eu vinha querendo tomar havia meses. A vila de Penedo estava sendo atacada constantemente por um daqueles falsos Zumbis, um negro muito parecido com ele que se escondia em grutas nas gargantas da serra dos Dois Irmãos com um pequeno exército de salteadores. Um deles, um mulato chamado Antônio Soares, caiu nas mãos de um grupo armado de moradores de Penedo. Preso e levado pra Recife, no caminho encontrou um destacamento de Jorge Velho, foi torturado, resistiu, depois lhe prometeram a vida, liberdade e dinheiro, e ele acabou levando os paulistas ao acampamento do falso Zumbi.

Antônio Soares foi recebido pelo chefe de braços abertos e aproveitou pra enterrar um punhal em sua barriga. Os paulistas saíram das matas em volta e mataram todo o bando. O falso Zumbi morreu: furos de bala e várias punhaladas, depois lhe arrancaram um olho com a ponta de um facão, deceparam a mão direita, cortaram seu pênis e o enfiaram na boca. Era 20 de novembro de 1695. E foi assim, uma carcaça já começando a feder, que o corpo chegou a Penedo e os vereadores lavraram o "auto de reconhecimento" e mandaram decepar sua cabeça.

A cabeça do falso Zumbi foi colocada numa caixa de madeira, coberta por sal, e mandada pra Recife. Lá o governador Souto Maior a espetou na ponta de uma estaca, fincada no centro da praça principal, "para satisfazer os ofendidos" e "aterrorizar os negros, que o julgavam imortal".

A cabeça salgada ficou espetada na praça, sob sol e chuva, até ser consumida pelo tempo.

Eu a sobrevoei como morcego pouco depois de espetada. Deformada do jeito que estava, com o buraco de um olho cheio de sal empedrado e o outro fechado, inchada, machucada, nariz quebrado, beiços caídos, base cosida com linha grossa, não achei nem um pouco parecida com a cabeça que eu usava agora.

Que os brancos pensassem que Zumbi estava morto e se matassem pelas terras de Palmares. Que paulistas, baianos e pernambucanos se engalfinhassem pela posse delas. O sonho da liberdade do negro naquelas montanhas durara um século, e com certeza seria lembrado pelas gerações futuras.

Eu saía de Palmares com o corpo de Zumbi. Minhas últimas ordens aos poucos guerreiros fiéis que me restaram e que sabiam que aquela cabeça espetada em Recife era falsa foram que se espalhassem pelo Brasil, formassem outros quilombos e mocambos e continuassem a luta pela liberdade em outros lugares.

Que espalhassem a notícia de que Zumbi continuava vivo, que viveria pra sempre, não morreria nunca.

E foi o que eles e seus descendentes fizeram, pelos séculos afora.

Posfácio

Palavras e explicações deram uma aparência de normalidade à situação, mas na verdade nunca me acostumei. Ter estado por três noites diante do corpo de Zumbi dos Palmares, ouvido sua voz, olhado para ele ali, sentado naquela poltrona, seu sorriso, o jeito que coçava a cabeça e cruzava as pernas e mancava...

Zumbi dos Palmares. Mesmo que a alma não fosse a dele.

Eu entro na alma das pessoas, é o que um escritor faz, é o meu trabalho, sou um mestre da empatia, não preciso *ler* pensamentos, eu *sou* a pessoa. Tenho certeza de que Gaspar disse a verdade.

Quando um vampiro senta ali naquela poltrona e conta seu passado, eu passo a ser ele, sofro seus sofrimentos, suas dores doem em mim, suas alegrias me alegram, sinto os cheiros que sentiu, o gosto do que comeu, o sangue que chupou, a textura das coisas que tocou.

Quando Gaspar contou sobre as chibatadas que levou, minhas costas arderam, senti a carne sendo rasgada. Senti o cheiro dos cadáveres apodrecendo no porão do navio negreiro, vi cabeças sendo decepadas nas batalhas, ouvi as armas dos soldados derrubando os negros no precipício, sobrevoei como morcego os conselhos de guerra nos mocambos. Pendurado de cabeça para baixo no teto da choça, ouvi Jorge Velho dando ordens para suas carnificinas, andei entre as pilhas dos milhares de cadáveres no fundo do abismo, mordi o pescoço de Zumbi, enterrei meu próprio corpo e então *fui* Zumbi.

Fui Zumbi.

Isso me deixou obsessivo por um bom tempo.

Comecei a pesquisar sobre ele.

Quase não havia documentos da época sobre o quilombo dos Palmares. Os historiadores se apoiavam em três textos básicos, do século XVII, as chamadas "fontes primárias": *Diário de viagem do capitão João Blaer em 1645*; *História dos feitos recentemente praticados durante oito anos no Brasil*, de Gaspar Barleus; e *Relação das guerras feitas aos Palmares de Pernambuco no tempo do governador Pedro de Almeida de 1675 a 1678*, de autor anônimo. Todos eles escritos pelos brancos, com intenção clara de alardear vitórias porque o sucesso nas batalhas contra os negros dava direito a escravos e terras na região. Quanto maiores os feitos e as glórias, mais podiam reivindicar, o que me permitia concluir que os textos deviam estar recheados de mentiras, enganações. *Macutus*.

Fora isso, apenas curtos documentos oficiais, comunicados, pedidos de legalização de terras, ordenações reais, em que o quilombo era citado brevemente.

Sobre Zumbi, a coisa ainda era pior. Ele era mencionado em apenas oito documentos curtos, que descreviam brevemente sua atuação em uma batalha, a recusa ao acordo de paz aceito por Ganga Zumba e o momento de sua "morte".

Baseada nessas poucas informações, a história de Zumbi e do quilombo dos Palmares vinha sendo contada de várias maneiras, dependendo da época e das intenções políticas.

De quando as coisas aconteceram até meados de 1800, Palmares era um reduto de inimigos da Coroa portuguesa e dos senhores de engenho. Zumbi nem existia, era apenas o nome dado a um tipo de soba, ou a um ganga que havia "voltado" de calunga. Havia vários "zumbis".

Daí até 1900 o Império fez silêncio sobre o assunto, a questão só interessava aos historiadores de Pernambuco e Alagoas. Mas em 1724 um historiador baiano chamado Sebastião da Rocha Pinto contou a história do quilombo dos Palmares de um jeito tão romanceado que Zumbi, agora uma pessoa, tornou a despertar a curiosidade dos estudiosos.

No século XX aconteceu a reviravolta. Zumbi reapareceu como líder revolucionário, símbolo de resistência ao regime colonial e da luta pela liberdade, e passou a frequentar os livros didáticos ao lado dos "grandes personagens da nossa história". A partir de 1950 então foi mistificado mesmo, inventaram um passado para ele, afirmaram que tinha sido criado por um padre, se chamava Francisco e até sabia latim. Fizeram filmes sobre ele, livros, peças de teatro, estátuas, enredos de escola de samba, virou nome de rua e município e representante máximo da luta por liberdade e igualdade dos negros no Brasil. Tornou-se um homem-feriado, como Tiradentes e Jesus.

Os negros não deixaram nada escrito, portanto nunca saberemos o que aconteceu de fato em Palmares. A maior parte do que se sabe sobre Zumbi hoje em dia não pode ser provada, pois foi inventada para construir sua imagem. Enganação, como diria Kikulakaji.

Tudo bem. Ter uma figura que luta por liberdade e igualdade em quem se espelhar, que liderou uma grande epopeia contra a escravidão, que passou a ideia de que um herói deve lutar pelo que acredita, mesmo que sua batalha não possa ser vencida, e que mostrou, há trezentos anos, que é preferível morrer a ser escravo de outro homem... esse tipo de enganação não me parece ruim.

— Quando as pessoas ficam desesperadas, elas *querem* ser enganadas, e temos de dar o que elas querem, para o bem delas.

Kikulakaji tinha razão.

Mas as poucas informações sobre Zumbi me criaram um problema pessoal.

Duvidei dos meus poderes de empatia.

O que Gaspar me contou era verdade mesmo ou era mais um de seus truques para impressionar as pessoas, uma enganação?

Aquele corpo era mesmo o de Zumbi, ou um *macutu* de Gaspar? Ele havia me iludido com um feitiço jaga?

Não há registro sobre a aparência de Zumbi. A cabeça da estátua dele colocada no canteiro central da Presidente Vargas, no Rio de Janeiro, na verdade é a réplica de uma cabeça de negro da Nigéria, esculpida entre os séculos XI e XII, que está no British Museum, em Londres. A única descrição física dele que aparece nas fontes primárias, na *Relação das guerras feitas aos Palmares de Pernambuco no tempo do governador Pedro de Almeida de 1675 a 1678*, é a de que havia ficado coxo em 1678 por causa do ferimento numa batalha contra as tropas de Galvão.

Gaspar mancava, mas é muito fácil se fingir de manco. Aquele corpo podia ser o do próprio Gaspar, ou nem ser de Gaspar nenhum. Um vampiro estuda sobre Palmares, entra pela minha janela, me conta uma história maluca e eu me interesso porque se encaixa no enredo de outro livro meu e estou ansioso por acreditar, ansioso para ser enganado.

MEMÓRIAS de SANGUE

Ivan Jaf

O vampiro e o Zumbi dos Palmares

SUPLEMENTO DE LEITURA

Nome ____________________

Escola ____________________

____ º ano

editora ática

Um vampiro procura um escritor para lhe narrar sua saga, iniciada na África do século XVI. Ele era um guerreiro da tribo *jaga* que acabou escravizado e enviado ao Brasil. Aqui viu outros negros sofrendo, submetidos a trabalhos pesados, castigados e torturados. Mas conseguiu fugir e logo encontrou abrigo nos quilombos da região. Agora ele precisa lutar pela liberdade.

( ) Quando Palmares, após décadas de resistência, foi subjugado, os negros foram cruelmente massacrados.

( ) Os negros foram amontoados no navio negreiro e transportados em condições terríveis, com pouca comida e água, muita sujeira e doenças.

( ) Os negros fugidos, quando capturados, eram cruelmente torturados; alguns ficavam aleijados e muitos morriam.

C. Observando a humanidade

8. A **epígrafe** que abre o livro diz: "*A vida foi criada nos vales. Subiu para a montanha nos* ***velhos terrores****, nas velhas aflições*".

a. Como essa afirmação se aplica à história contada por Gaspar?

b. Essa frase também pode ser aplicada a outra realidade descrita pelo escritor do livro. Qual realidade é essa e qual a sua relação com a frase de William Faulkner?

9. Em muitos momentos da história, um **pensamento** de Kikulakaji foi retomado: as **pessoas querem ser enganadas** e devem ser enganadas, para o **bem delas**. Qual a sua opinião sobre essa ideia?

( ) A Igreja defendia que trazer os negros da África era um ato de caridade cristã.

( ) A Igreja defendia que só servindo aos seus senhores os negros receberiam a graça de Deus e seriam absolvidos de seus pecados.

4. Por que a escravidão terminou em nosso país? A **forma de pensar** essa realidade **mudou**? As pessoas reconheceram o **absurdo** de subjugar um povo por considerá-lo inferior?

B. A história se repete

5. Gaspar aprendeu que a **enganação pela fé** e pela superstição poderia ser usada como um instrumento de **manipulação do povo**. Como ele utilizou esse conhecimento?

6. Quando chegou a Luanda pela primeira vez, Gaspar viu o negro querendo **vender de tudo** para o branco. Sentiu a **força do comércio**. Em que outros momentos da história o comércio mostrou seu poder?

7. A **violência** também marcou toda a história vivida por Gaspar e pelos negros trazidos da África. Observe os fatos descritos abaixo e **enumere-os** de acordo com a ordem em que são mencionados.

( ) Nos engenhos os negros eram submetidos a trabalhos pesados, exaustivos, e sofriam constantes castigos.

( ) Os negros capturados eram acorrentados e percorriam grandes distâncias até chegarem ao porto para serem comercializados.

A. A escravidão e o pensamento de uma época

1. Ao longo de sua história, Gaspar viu **diferentes realidades da escravização** do ser humano. Observe as afirmações abaixo e **assinale** com V as que forem **verdadeiras** e com F as **falsas**.

( ) A escravidão de africanos começou com o tráfico negreiro promovido pelos europeus.

( ) Com o interesse dos brancos, tribos africanas passaram a capturar outras em massa para comercializar os prisioneiros como escravos.

( ) Na África, Gaspar viu os portugueses caçando escravos nas selvas.

( ) No Brasil, Gaspar viu os ricos escravizando os pobres, de todas as etnias.

( ) No Brasil, os negros eram mercadoria descartável para os brancos, que podia ser facilmente reposta a cada nova remessa de um navio negreiro.

( ) Nos quilombos não existia escravidão; a liberdade de todos era respeitada.

2. Depois de relembrar esses fatos vistos por Gaspar ao longo do tempo, responda:

a. O que você aponta como motivo para a existência da escravidão?

____

____

____

____

____

b. A certa altura de sua vida, Gaspar conclui: "A escravidão não acabaria ali. Os próprios negros poderosos de Palmares tinham escravos. Era preciso que acabasse dentro da cabeça dos homens, mas esse tempo ainda estava longe." Como você interpreta essa ideia?

____

____

____

____

____

3. A **Igreja católica** tinha um comportamento bem claro em relação à **escravidão**. Assinale as alternativas que descrevem sua posição.

( ) A Igreja era totalmente contra a escravidão dos negros e lutava pela libertação dos escravos.

( ) A Igreja batizava cada negro comercializado e recebia um tributo por isso.

( ) A Igreja acolhia os negros fugidos e os escondia nas capelas.

( ) A Igreja acreditava que todos os homens eram iguais perante Deus, por isso não podia haver escravidão.

ATIVIDADE ESPECIAL

A realidade nua e crua

Ao final do livro, o escritor descreve o quanto a **história** de Zumbi **foi modificada** ao longo do tempo. Quando era interessante ao poder, **Zumbi não existia**. Quando a situação mudou, ele foi transformado em um **líder na luta pela liberdade**.

Isso não aconteceu apenas na transmissão oral dos conhecimentos, mas nos **registros históricos**. A História foi moldada de acordo com o interesse dos poderosos de cada período.

Qual é a verdade sobre Zumbi?

Impossível determinar.

É seguro dizer que a história que estudamos **realmente descreve os fatos** como aconteceram?

Discuta essa questão com seus colegas e veja o que eles pensam a esse respeito.

Tente identificar momentos em que a história foi manipulada, em que existiram **diferentes versões para os fatos**.

Reflita com eles se a manipulação da informação acontece em **nossos dias** e em que situações ela pode alterar o registro dos fatos históricos.

Agora o escritor é você

Gaspar descreve sua história desde a infância até o momento em que desistiu de lutar por Palmares. O que ele teria feito nos séculos que separam este último evento do momento em que narrou sua história? O que ele não contou? Continuaria envolvido nos movimentos abolicionistas? E após a Lei Áurea, como foi a sua vida? Pense nessas situações e escreva a continuação da saga desse vampiro, levando-a até os dias atuais.

Mais uma versão? Mais uma mistificação de Zumbi? Mais uma história inventada para manter o mito?

Estou aqui em Santa Teresa, hoje, na minha mesa, no meu escritório, escrevendo, cheio de perguntas. Levanto a cabeça.

A resposta está bem na minha frente. Do outro lado da janela vejo os barracos, a miséria, a injustiça, os velhos terrores e aflições sempre fazendo os oprimidos procurarem a proteção das montanhas. Quantas almas ali estão, agora, resistindo, lutando contra as injustiças, sonhando com liberdade e igualdade?

Zumbi pode não ter existido, mas está vivo.